新潮文庫

いつか王子駅で

堀江敏幸著

新潮社版

8022

いつか王子駅で

I

やはり正真正銘の極道者だった時代があるのだろうか、左肩から上腕にかけてびっしりと彫られた紺青《こんじょう》の龍《りゅう》の刺青《いれずみ》が湯あがりに火照《ほて》った肌からひときわ色濃く浮き出し、小柄な身体《からだ》を拭《ふ》くために両腕を動かすたびところどころ金を蒔《ま》いたふうの龍の胴体がうなって顔見知りの常連客たちをも黙らせるほどの迫力があるのに、まるで生きているようなその龍の昇天を助けようというのかひとしきり水滴をぬぐい取ると、脱衣場に備えつけてあるぶらさがり健康器の下に立って鉄棒競技の開始を告げる姿勢で気をつけをしながら顔をあげ、ひょいとバーにつかまったままながいこと背筋を伸ばしているのだったが、無事に着地をすませると、順番待ちをしている様子の客たちにたいしてなのかそれとも自分自身にたいしてなのか、健康に留意せねばな、と低くつぶやき、そういうときだけ留意なんて言葉を使うものだから、まわりの人間はふっと感心してしまうのだった。

鉄棒競技を終えるとあの甘ったるいコーヒー牛乳か、なにが入っているのだか素人《しろうと》には判別のつかない薄黄色の、それもバナナ味の子ども用練りはみがきでも溶いたみたいな色をしたフルーツ牛乳と称する液体を飲むのだが、よく冷えた厚手のガラス瓶の中身を守っている紙の蓋《ふた》を、さらにそのうえにかぶさっている色のついたビニールもろともプラスチック製の柄の先の針ですぽんと開ける際に心地よく音がはじけないと、つまり上蓋の厚紙がほどよく乾燥し、針を刺したときに柄がかすかにしなって、乾いた音とともにそれをはねあげてくれないと満足せず、不運にも蓋が湿っていてしんなりと力なく取れてしまった日には、健康に留意せねばなという台詞《せりふ》とおなじ抑揚で、味でも衛生面でもない純粋に指先の感触と聴覚の面から言葉すくなに不服を言い、主人に取り替えさせるのだった。そのくせ二本分の代金を払うわけでもないから、ふたりのあいだには一般客の顰蹙《ひんしゅく》を買いかねない身勝手なふるまいを許容しあえるようないきさつでもあったのだろうか。私はいつかその眼鏡にかなわなかった薄いバリウムもどきの液体をあんまりもったいないからともらい受けたことがあるのだが、いったいなぜこの飲み物に牛乳の名が付されているのかは理解できなかった。

昇り龍の正吉《しょうきち》さんと知り合ったのは、私がこの路面電車の走る町に越してきて半年ほどたった春先のことである。偶然立ち寄った、定食も出すカウンターだけの「かおり」という小さな居酒屋で豚の角煮を食べ、ちょっと胃がもたれたので単品のもずくを頼んだりしてすっきりしたあといつもの習慣でつい珈琲《コーヒー》を所望したところ、居酒屋で珈琲を注文するたあ大した度胸だが、もずくを食ったあとに珈琲を飲むなんて無粋な真似《まね》は控えたほうがいいな、とべつにからむふうもなく生真面目《きまじめ》に忠言してくれた客がいて、それが正吉さんだった。もっともお茶が嫌いだから無茶を言っているのではなく、お品書きに「珈琲アリマス」と書いてあったから注文してみたまでのことだったが、一見してその筋のひとかと思えるいかつい男の機嫌をそこねてはと躊躇《ちゅうちょ》しているうち女将《おかみ》さんのほうはその晩のカウンターでいちばん若い客の願いをかなえるべく動き出し、しかも驚いたことに彼女が取り出したのは本式のネルドリップで、豆はキャラバンの既製品だが水は秩父《ちちぶ》山系の瓶入りミネラルウォーターを使っている。おまけにできあがってみればどういうわけかカップがふたつあって、その一方は正吉さんの前に置かれた。なあんだ、あなたもですか。そう言葉を返したのがつきあいのはじまりだった。

正吉さんは私が借りている電車道沿いの部屋から十分と離れていない、空襲で焼け残った古い区画の木造アパートに住んでいるらしくて、以来、「かおり」でかちあったり、たまたま風呂《ふろ》屋でいっしょになったりすると、なんとはない世間話をするようになった。私がまっとうな勤め人でないことはやがてばれてしまったけれど、光輝あふれる昇り龍を目撃してからは立ち入った質問をするのも腰が引けて、指の腹が妙に平たくて固そうな、しっかりした手の持ち主である彼の仕事が看板を掲げない口コミだけで商いをしている印章彫りだとわかったのは、ずいぶんたってからのことである。まさか自身の龍まで彫ったわけではないだろうが、そういう座業にたずさわっている職人だと教えられてみれば、おしゃべりは好きだが不必要なことは言わず、むしろ不器用で寡黙《かもく》な印象さえ与える物腰や、ふいに高圧的になるところと臆病《おくびょう》さが同居したような人柄もどこか納得できるような気がしてくるのだった。変則的な暮らしをしていて昼間からぶらぶら散歩ばかりしていた私は、川べりの運動場で行われた少年野球の結果やら、踏切で転んだ天麩羅《てんぷら》屋のおばあさんの足のぐあいやら、焼きうどんのうまい喫茶店の情報やらに加えて、ときどきはいいところを見せようと、読んだ本の話などを勝手に喋《しゃべ》ったものだが、正吉さんは、ほう、とか、はは ん、とか相槌《あいづち》を打ってうるさがりもせず、また口を開かないわけでもなく、こちらからなにかを訊《たず》ねればたいがいのことは答えてくれるのだった。

あれはある初秋の一日、築地《つきじ》の魚市場にいる友人に会いにいく正吉さんのお供をして昼間から軽く一杯やった帰り、シイラという耳慣れない魚の切り身を手土産にもらってそのまま「かおり」の女将さんに届けた翌日だったか、大塚の古本屋で『魚のたべ方四〇〇種』と題された指南書を見つけて、なんの気なしに覚えたばかりの魚の項目を覗《のぞ》いてみたら、《「シイラ」とは、モミのシイラとおなじ意味で、からだの大きいわりに身がすくないことをあらわす。全長一・八メートル。呼び名でわかるように、シイラはもっともゲスの魚としてべっ視されてきた。味がまずいからである。ほかの魚にまじって網にのっても、船端でたたきころされ、海にほうりこまれる魚であった》とあって、とりわけ「船端でたたきころされ」のところに私は衝撃を受け、暗澹《あんたん》たる気分でそれを正吉さんに報告すると、しいな、しいなし、とも言うな、高知あたりじゃみりん干しにするらしいと、哀れな名前の由来に涙する文弱の男を励ましてくれたものだが、そんな些末《さまつ》な事を正吉さんはたくさん知っていて、しかも私のように活字から引っ張ってきた浅薄さはみじんもなく、どれもこれも具体的な経験に裏打ちされているふうで、それをぜんぶ例の口調で語るものだから、なんともいえない説得力が生まれるのだった。

たとえばそれからしばらくして、大事な仕事が終わった祝いだと誘われたいつものカウンターで簡単な食事と酒をご馳走《ちそう》になり、さらに仲良く珈琲を啜《すす》っていたとき、酔った勢いで女将さんに店の名の由来を尋ねてみたことがあって、おかげで彼女が二代目の雇われ女将にすぎないとわかったのだけれど、なんでも初代の女将さんが馬好きで、店名は馬の名前から採ったらしいと言う。へえと感心していると、いつも裸で持ち歩いているピース缶から一本抜きだし、端をとんとんと叩《たた》いて葉を寄せていた正吉さんが、タカエノカオリからいただいたんだよ、とそっけなく言い添えた。桜花賞のあと消えちまった馬だったな。

たしかその前年がニットウチドリ、翌年がテスコガビーでしたね、と私は自分でも驚くような合いの手を打って、とつぜんよみがえった昭和の記憶にいくらか取り乱した。むろん親父《おやじ》に連れられてのことだが、あとにも先にも、あれほど足繁《しげ》く馬場に通った日々はない。公営出身の超B級皐月《さつき》賞馬が国民的人気を博したころの話である。正吉さんによれば、「かおり」の経営者で初代の女将が店を開いたのは、昭和四十九年の春、阪神の芝千六百メートルをタカエノカオリが駆け抜けた直後で、離婚十四周年にひっかけてみごと一―四を当てた彼女は、幸運にあやかって、決めかねていた店の名に美しい牝馬《ひんば》の名前を一部頂戴《ちょうだい》したのだという。その後ぱっとしないところまでもらい受けちまってな、と正吉さんはへんにしんみりした口調で言い、すこし間を置いて、この珈琲も先代ゆずりだ、立派な純毛の味だよ、とまたぞろ囲碁の捨て石みたいな話の振り方をする。

純毛？　と問い返すと、そう、混じりっ気のない珈琲豆だけの珈琲のことだ、戦後はいかがわしい混じりものがあってな、それこそシイラみたいにふすま入りなんて代物《しろもの》もまかり通ってた、だからちゃんとした珈琲を純毛って呼んでたんだ、いうなれば純血種、競走馬とおなじだな、いまじゃまあただうまくていい珈琲というくらいのことだが、と正吉さんは私のほうでなくカウンターの正面を見ながら応《こた》えてくれる。たしかにいまの女将がお燗《かん》用の鍋《なべ》の隣で淹《い》れてくれる珈琲は、親子ほども年の離れたふたりの男の舌を満足させる不思議なあんばいで、いろいろな比喩《ひゆ》を考えてみたものの、結局彼女がこの店で出す筑前煮《ちくぜんに》みたいな、安心感を与える味としか言いようがなかった。豆や水の質とはべつに、こころが必要な味なのだろう。

純毛といやあ、最近の馬には覇気がなくなった、と正吉さんはめずらしく饒舌《じょうぜつ》になって話をつづけた。純血というか、血の問題じゃあなくて、面差しというかな、馬ぜんたいを包んでいるたたずまいと、気持ちよく走っているときの空気の筋。むかしの馬はむこう正面で勝負に関係なく雲を引いて走ってたろう。観客席の気持ちと馬の気持ちがいっしょくたに雲を引いて、その雲に騎手が乗っかってるような、そういう走りかたをする馬があんまりいなくなった。

なるほどそうかもしれない、と私はますます鈍りつつある頭の隅で思った。中京競馬場の二千メートルでほとんど白に近い葦毛《あしげ》のシルバーランドが日本初の二分を切るレコード勝ちを収めたレースにしびれて以来、私は見ていて気持ちのいいマイラーばかりを追う幼稚な競馬ファンとなったのだが、あのシンザンの仔《こ》はたしかに雲を引いていたように思う。しかし本当に私を魅了していたのはまちがっても雲なぞ引かないキタノカチドキのような馬で、正吉さんの恋しがる覇気とは、むしろそちらのほうにあるのではないか。斜行ありジグザグあり、直線で鞭《むち》が入る前からもう口を割って、あとは気合いだけでなみいるライバルを差し切ったあの馬には、美しく走ることを断固として拒む野武士の面影があり、雲ならたぶんその好敵手となったコーネルランサーのほうになびいていただろう。じっさい皐月賞で振り切ったこの難敵にダービーで負けたときにも、敗残の姿にはある種のいさぎよさがあった。そういえば、タカエノカオリもキタノカチドキと同年に活躍して、どちらも武邦《たけくに》彦《ひこ》が乗った馬である。忘れもしない、私が生涯初の当たり馬券を出したのはその年の神戸新聞杯で、場外馬券売り場にいく親父の知人に頼んで連勝複式を買ったあのレースでも、わが野武士は中団から最後の直線にむかったとたんに口を開け、もはやこれまでかとやきもきさせたものだ。その瞬間が脳裡《のうり》に焼き付いているのは、競走後ほどなくして、阪神競馬場の四コーナー、ニホンピロセダンとたたき合ってゴジラなみの歯茎を見せている豪傑をとらえた大振りなポスターを入手し、粗末なパネルに仕立てて自室の一等地に飾っておいたからである。この前哨戦《ぜんしょうせん》に勝ってのぞんだ菊花賞でも、三コーナーでまだ中団の内々につけていたキタノカチドキが最終コーナーで大外に持ち出された瞬間、ポスターとほぼ同一の図柄がテレビ画面に再現されたはずである。内を抜けて先んじていたバンブトンオールを差すべく鞭が飛び、苦しげな表情を浮かべてひと吠《ほ》えした野武士の四肢がわずかにバランスを崩し、万事休すと思われたその刹那《せつな》、気を吐くとはこのことかと得心がいく過給エンジンが働いて一挙に加速し、相手をねじ伏せたゴール前に漂っていたのは雲にあらず、名状しがたい妖気《ようき》だった。

もう一頭、少年の私に深甚《しんじん》な影響を及ぼしたのが、それから二年後の春の天皇賞を勝ったエリモジョージで、レース展開などにまったく頓着《とんちゃく》せずただ気持ちよく走ればよいという信念を貫き、浮き沈みの激しい試合を重ねていたこの無冠の逃げ馬が牧場の火事で焼け出されて九死に一生を得、「なにもない襟裳《えりも》から春を告げた」とき、私は自分もこんなぐあいに生きられたらと夢見心地になったものだ。「純毛」の馬は勝つために生まれてくる。その言い方は正しい。だがその後、たとえば三冠、五冠と騒がれることになるサイボーグたちの、走っているときの背筋がすぐれたマラソンランナーの肩のように上下しない馬など、私にはなんの感興ももたらさなかった。自然体で乗ることと、美しいフォームで走らせることとはべつなのだ。自然体とは誰にも真似できないひとつの生きざまを貫くことと同義なのであって、それはたとえば……。

気がつくと、隣に正吉さんの姿はなかった。いつのまにかうつ伏して眠ってしまったのらしい。ということは、気分よく喋っていたつもりの思い出話もただの夢だったのだろうか。狼狽《ろうばい》する私に、お連れさんは用事があるから先に失礼するって、いましがた出ていかれたわよと女将さんが言う。そうだった、一週間ほどアパートに閉じこもって仕上げた実印を一式、これから大切なひとに届けにいくと正吉さんは話していたのだ。ところが椅子《いす》の足もとに、その人物に渡す品なのだろうか、黄色い箱の入った紙の手提げが置き忘れてある。蕨《わらび》に住んでるひとだと言っていたから王子乗り換えにちがいない。都電はもう本数のすくない時間だった。まだホームにいる可能性もある。私はすぐ戻りますと女将さんに言い残し、荷物を抱えて肌寒いアスファルトの馬場に飛び出した。見れば早くも一両、黄色いライトを照らしながら早稲田行きの車両が小雨に濡《ぬ》れた稍重《ややおも》の鉄路をまわって直線に入って来るではないか。これは大切なひとに頼まれた仕事だとつぶやく正吉さんの声が耳もとにこだまして、日本酒と純毛珈琲にいかれた私をなんとか乾いた外に持ち出すのだが、両脚は不意に現われる無灯の自転車を避けながら右に左に折れ、揺れ、よろめき、するうち路面電車はホームに滑り込み、そこに正吉さんの背中を認めたような気がした私は酔っぱらいそのもののはしたなさで、正吉さあん、袋、袋を忘れてるよと叫びつつなおもホームを目指して駆けつづけ、転びそうな私にこんどは甲高い実況が、さあどこへ出す、外だ外へ出した、内からはバンブトンオール、鞭が飛んで苦しそうだがしかし出た、キタノカチドキが出ましたと追い打ちをかけ、最後の鞭が飛んで口を割った私は声にならぬ声で正吉さんの名を呼び、呼びながらよろけ、よろけながら走り、しかしゴールまであと五十メートルを残したところで一両編成の黄色い逃げ馬は後ろを振り返ることもなく湿った闇《やみ》のなかを走り去っていった。

2

よかったらこれ使ってと女将《おかみ》さんが差し出した洗いたての日本手拭《てぬぐ》いの端には、紺地に白の文字で大きく佐竹燃料店と染め抜いてあった。美味にはちがいないけれど甘みと粘りが強すぎておかずの味を殺すこともある雪国産の米より淡泊な関東圏の米を、それも新米よりパエリヤやリゾットにも順応性のある古米もしくは古々米のほうを好む私は、引っ越しのたびに近所を歩いてそれとなく米屋を物色してきたのだが、いつぞやの米不足騒ぎで入ってきたあのすばらしいタイ米が入荷時にまさるとも劣らぬすばやさで潮が引くように姿を消してこのかた、産地を問わずぱさついた品種が店頭から一掃され、さらにコンビニで米が買えるようになると今度は米屋そのものが減りはじめて、私はいらぬお喋《しゃべ》りを強要されない床屋を見つける以上の困難をもって古米を扱う店を探す羽目に陥った。

ところがこの町に越してきた当日、荷物を運び終えてすぐ腹ごしらえにと出かけた蕎麦《そば》屋の隣に、私は入り口が全面引き戸になっている薄暗い理想的な米屋を発見したのだった。ながいこと踏み固められてきた三和土《たたき》の隅には、プラッシーやウスターソースや製造元不明の薄緑色をしたクリームウエハースなる菓子パンのならんだ硝子《ガラス》棚があり、中央には十キロ米の袋がふたつずつ積まれている低い木製の台が置かれていて、これは形容矛盾だろうけれどもほかに適切な言葉が見つからないあの習字の添削に使う朱色の墨汁で、産地と値段が大きく示された短冊《たんざく》が貼《は》られている。そこに格安の古米、古々米の文字を見つけたときの安堵《あんど》といったら出てきた爺《じい》さんにいきなり頭をさげたくなるくらいで、とにかくその佐竹精米店で私は茨城産の古米を仕入れて部屋まで届けてもらい、近づきのしるしにと、残り数ヵ月しか使えない店名入りの日めくりまで頂戴《ちょうだい》していたにもかかわらず、燃料を扱っていることとは知らずにいたのである。濡《ぬ》れた髪を拭《ふ》きながら目の端にちらついたその店の名が気になって、これはあの蕎麦屋の隣の米屋ではないかと女将さんに尋ねてみると、果たしてそのとおりだった。もとは燃料店も兼ねてたのよ、いまでは冬場に灯油を扱うくらいだけど、暇なときは軽トラックを出して荷物運びの副業までやってるのと彼女はなぜか嬉《うれ》しそうに言い、それからふと思い出したように、お荷物はどうしましょう、うちでおあずかりしておけばいいのかしら、とこちらを見つめる。二重《ふたえ》瞼《まぶた》の大きな黒い瞳《ひとみ》のうえにひろがるいまどきめずらしい富士額を前にした私の脳裡《のうり》には、銭湯のジェット水流の彼方《かなた》にそびえる富士山がよみがえり、いっしょに湯船につかりながら、この絵の立派なのは山の裾《すその》野にちゃあんと風呂《ふろ》屋が描かれていることだな、ほら見てみろ、と深いほうの浴槽の壁を指さして、風呂屋による風呂屋の自己言及という驚くべき発見を伝えてくれた正吉さんの低い声が聞こえるような気もしたので、いえ、明日にでも渡しておきますよ、と私は反射的にそう応《こた》えていた。

息を切らして路面電車を追いかけ、いま一歩のところでむなしく見送ったあと雨のなかを歩いて来たために冷えてしまった身体《からだ》を温めなおそうとお銚子《ちょうし》をまた一本つけてもらい、純毛珈琲《コーヒー》を淹《い》れるときとは別人の、手首を立てるのではなく寝かせるふうに、指先も甲も視線もすべて滑らかな弧を描いて湯煎《ゆせん》の容器に吸い込まれていく女将さんの、その肉付きのいい鶴《つる》を思わせる立ち居に私は見とれていた。それにしても、さっきはどのくらい寝ていたのだろう？　そうねえ、五分くらいかしら、昭和四十九年だとかなんとか呟《つぶや》いたあとそのままになって、と彼女は微笑を浮かべる。するとその言葉を聞きつけて、私と入れちがいにやってきたらしい年輩客が口をはさんだ。娘が昭和四十九年に生まれた時こちらへ越してきたのでよく覚えてますが、あの年にたしか都電の系統番号が廃止されたんでしたな。

王子と三ノ輪橋を結ぶ二七系統と、早稲田《わせだ》と荒川車庫のあいだを走る三二系統が統合されて都電荒川線に生まれ変わったのが昭和四十九年、すなわち「かおり」の初代女将がこの電車道沿いに店を構えた年なのだった。もっともかつては王子電気軌道と呼ばれ、飛鳥山《あすかやま》へ花見に来る人々のために敷かれたのが王子電車なのだから、市電になり都電になり、ずいぶん気ぜわしく改名してきたことになる。そういえばあれからいかつい黒の自転車で米を届けてくれるようになった佐竹精米店の老主人は、ふだんはただ「でんしゃみち」とだけ呼んでいる荒川線を、気心の知れた客が現われたときにはたしかに王電と言い換えていて、七十を過ぎてなお丈夫な歯が残っている口から独特の節まわしをともなったその「おーでん」の音が漏れるたびに、

人の仕事が天職かどうかを知るには
やっていることを見る必要はなく、
ただその人の眼を見ればよい

とうたったイングランドの詩人を思い出し、ああこの爺さんは根性のすわった米屋なんだとその眼を見ながら感じ入ったものだが、熊ノ前商店街に親戚《しんせき》がいるとか娘が幼稚園にあがるのと同時に都電から車掌が消えてワンマンになったとか、そんな歴史を聞かされると、いくら詩人の名前を覚えていても新参者にはつけ入る隙《すき》がなく、肩身がせまかった。私がこの路線に親しむようになったころには車掌などもう昔話の領域に入っていたし、車両も新旧入り乱れていて、濃い緑と山吹に近い黄色、さらにはベージュに薄緑の新型が混在し、最も旧式の緑の車両に乗るよう心がけていっぱしの愛好家を装《よそお》っていたとはいえ、やはり時間と記憶に染まった話に触れると嫉妬《しっと》にかられてしまうのだった。

荒川の路面電車に惹《ひ》かれたそもそもの理由が、むやみと持ちあげられる下町の魅力だの郷愁だのではなく、ひたすらそのアトラクションとしての面白さに由来していたことにも、罪の意識があったのだろうか。郷里に近い、鵜飼《うか》いで知られる川沿いの都市にできた美術館がオディロン・ルドンの蒐集《しゅうしゅう》を活動の柱とし、やがて貴重なコレクションの常設展示をはじめたころ、鵜よりも苦しげな目をした人物の漂う石版をよく眺めにいき、ついでに併用軌道の残るその町の路面電車を堪能《たんのう》していたのだが、荒川線の特殊なのは、専用軌道が圧倒的にながく、しかもかなりのスピードを出すという一点にあるのではないかと思う。早稲田の駅の、薄汚れた流しの窓にカネヨンの容器がのぞいていたりする駐在所を横目に出発し、面影橋から汚水の流れ込む神田川沿いを走って、この川の水を使っていないことを祈りたい製薬会社を左に見つつ急なカーヴを徐行するピットロードを抜けて明治通りと平行する専用軌道に入ると、荒川に住むまえこのあたりを徘徊《はいかい》していた時分、転入届の時機を逸して欠席裁判にかかり、罰金をくらったのであまりよい思い出のない出張所のある学習院下の坂道を千登世橋《ちとせばし》にむけてゆっくりのぼれば、雑司ヶ谷から東池袋の混雑を分け入って大塚に出る。しかし荒川線の真骨頂は、庚申塚《こうしんづか》あたりから飛鳥山にかけて民家と接触せんばかりの、布団《ふとん》や毛布なんぞが遠慮なく干してある所有権の曖《あい》味《まい》なフェンスに護《まも》られたながいホーム・ストレートにあり、運転席の背後に立ってこの直線を走るときの固いサスペンションを介して足裏に響いてくる心地よい振動と左右の揺れは乗合バスでも代替できるものの、横光利一ふうに言えば踏切を《黙殺》してトップスピードに乗り、火花が飛ぶほどのブレーキングで滝野川のシケインを抜けて、渋滞でないかぎり東北新幹線の高架下までの公道との併用軌道を相当な横Gを乗客に課しながら下っていくわずか一、二分の下り坂がもたらす原初の快楽を満喫できるのは、あの由緒《ゆいしょ》正しい花やしきのジェットコースターを除いてほかにない。飛鳥山での花見も忘れ、王子の狐《きつね》をも恐れず、私はこのひと区間を何度往復したことだろう。王子駅周辺の雑然とした立体交差の魅力に足りない要素があるとしたら、それはたぶんモノレールくらいのものだ。

そろそろ帰るころあいだった。酒に痺《しび》れた腰をなかば浮かせた不安定な姿勢のまま、さっきの手拭いは洗って返しますと言い張る私に、そんな気づかいは誰か大切なひとに取っておいてあげてくださいよと女将さんが受け付けてくれないのでせっかくの言葉に甘えることにしたのだが、大切なひとに印章を届けに出かけた正吉さんは本当にあの電車に乗っていたのだろうかと先刻まで考えもしなかった疑念にとられ、それを打ち消すように、じゃあ正吉さんのぶんもいっしょにお勘定をと財布を取り出したところ、お愛想は頂戴してますと言う。今晩は彼のおごりだったのだ。かくて私は、追加のお銚子一本ぶんだけ払って、ふたたび正吉さんの荷物を手に、雨のなかを歩いて部屋に戻った。

＊

あずかった包みがなまものだと困るので早めにとどけようとしたのに、あいにく翌日は、週に一度の教師の真似事《まねごと》をしに品川へいく日だということをすっかり忘れていた。午前の仕事だから、朝一番で渡そうにも身動きがとれない。悪いとは思いつつなかを探るとカステラらしき包みが見えたので、これなら多少は日持ちするだろうと、いつもどおり路面電車と山手線を乗り継いで賃仕事に出かけた。

いまではすっかりさまがわりしてしまった品川駅港南口の、妙な音楽が流れている天井の低いコンクリートの隧道《すいどう》をぬけ、首都圏の地元紙を自認する新聞社の社屋とその傘下《さんか》にある野球チームの室内練習場の前を通って高浜運河を渡り、さらにしばらく歩くと、こぢんまりした水産関係の教育施設がある。世話をしてくれるひとがあって、私はそこで時間給講師の職にありついていた。構内に鯨の骨格模型が飾られ、その分野ではたがいに親密な関係を保っているのだろうか、あまり他で見かけないマルちゃんのカップ麺《めん》の自販機が幅をきかせ、自前の船を係留するためのドックもある職場の雰囲気は悪くなかったし、潮の香の漂う道を散歩する愉《たの》しみもあったので、どういうわけかいつも大崎止まりに乗ってしまって後続の品川行きを待ちわびるという山手線でのごく個人的な朝のトラブルをべつにすれば、わりあいまじめに勤めを果たしていたのである。

その日もつつがなく職務をこなすと、私は昨晩の電車談義の影響もあって、海岸通りを走る東京モノレールを見にいった。そもそもモノレールとは、一本の鉄路にぶら下がるかそれを跨《また》ぐかして車両を動かす単軌鉄道を指すわけだが、たとえば二本の鉄棒がどこまでも平行に走って操車場に入り、片方がながすぎて絶ち切られぬまま敷地の隅へ伸びたりした場合、それはワンレールであってモノレールとは呼べないことになる。単線という言葉は、字面《じづら》では単数であるにもかかわらず現実には複数でしか存在していないものだから、その意味では純粋な単数を維持しつづけるモノレールにこそ孤高を唱う資格が備わっているわけで、ケーブルカーのようなアクロバットに流れることなく固いコンクリートと鋼鉄に支えられた軌道を走るモノレールの地に足のつかない孤絶ぶりは、いっそう凛々《りり》しくきわだっている。

小説、戯曲、詩、エッセイと、あらゆる分野の仕事をこなした才人でありながら、分類するとしたらたぶん詩人の名がいちばんふさわしいジャック・オーディベルティの、自伝的な要素が濃い一連の小説のなかに、『モノラーユ』、すなわちモノレールと題された作品がある。南仏アンチーブの、美しい海の見える学校で勉強もせずにぼんやりしていた少年がぱっとしないまま大きくなり、母親の死後、夢見ていたパリに上京するのだが、その憧《あこが》れの首都でいきなり自動車事故に遭う。車を運転していたのは著名な獣医の娘で、彼女はこの哀れな犠牲者を病院に運び、見舞いに訪れているうちどうしたものか情を移し、結婚を受け入れてしまった。しかし育ちのちがうふたりの生活が円満に運ぶはずもなく、妻はすべてにだらしのない夫に憎悪《ぞうお》をつのらせ、ヴァカンスでアンチーブに出かけたときペダル式のボートを借り、かすかな下心をもって泳ぎのできない夫を誘う。折からの突風に煽《あお》られてふたりは海に投げ出され、気がつくと、夫の姿は消えていた。彼女はかろうじて漁船に救われ、ゆくりなくも願いがかなって自由な暮らしを送るようになったものの、そこへとつぜん、死んだとばかり思っていた夫が帰ってくる。しかも以前とはまるでちがう男らしさを身につけて……。

一九四七年に刊行された、この読者など絶えて久しい小説を洋書店の古書目録から拾いあげ、期待に胸ふくらませつつひもといたはいいけれどいくら読み進めても表紙に刷られた単語の出てくる気配がなく、結局それは物語の終盤、主人公の死後その生涯を暗示する不完全な一本のレールの隠喩《いんゆ》にすぎないことが判明し、乗り物としてのモノレールが出てくると思い込んでいた私は肩すかしを食った気分で、不満げにその話を正吉さんに聞かせたところ、正吉さんはいつもの口調で、舞台がきれいな海じゃあなくて申し訳ないが、むかし自家用モノレールのある家に住んだことがあってな、とびっくりするような話を披露してくれたのだった。若いころ秩父で林業をやっているひとの世話になり、伐採のためにろくな道もない山腹に建てられた小屋で生活していたのだが、長逗留《とうりゅう》に必要な物資を運ぶためのディーゼルエンジンのついたひとり乗りモノレールが山肌を縫っていて、町のよろず屋で食い物や燃料を仕入れると、急斜面につくられた単軌道の高架ならぬ低架の鉄路を挟むように付けられた車の荷台に積み込み、担《かつ》いでのぼれば何時間もかかるところを十分足らずであがっていったというのである。

　そんな山奥でなにしてたんですかと私が尋ねると、木を伐《き》ってたに決まってるだろ、と正吉さんは呆《あき》れたように鼻から濃いピースの煙を吐き出した。下界に降りて酒買って煙草《たばこ》買って、まあ時々はちがうやり方で肌をあっためてくれる場所にも出かけたりして、ぜんぶモノレールに積んでまた上にあがる。つぶしのきかなかった時代に助けてくれたひとがその山の持ち主で、宿の代わりに小屋を貸してくれた恰《かっ》好《こう》でもあったけれどな、と低い声で話す正吉さんの、そのつぶしのきかなかった時代をつくわけにもいかない私は、力強い自家用単軌鉄道のある山の暮らしを想像して、なにやらひどく稀少《きしょう》なしあわせを探り当てたような心持ちになった。以来、職場からの道々、駅と反対方向へ歩いて海の香をかぎに出かけ、モノレールの高架をくぐるたびに、私は正吉さんのこの話を思い出したのだが、印章を届けにいった彼の大事なひとというのは、その山の所有者と同一人物だったりすることはないのだろうか。

　ともあれ私は、品川駅へ足早に去っていく教え子に背を向けるように歩を進め、天王洲《てんのうず》と姉妹町にしてしまえば王子を東北新幹線と京浜東北線と都電とモノレールが交錯する近未来の下町に変貌《へんぼう》させるのも夢ではあるまいと妄想をたくましくする一方、なぜか荒川と品川を行き来する暮らしに落ちついたわが身を振り返って不思議の感に打たれていた。都電に心がなびいたのは乗り物好きの幼稚な趣味で説明がつくとはいえ、いろいろなひとが手を差し伸べて水辺に住居や職場を提供してくれた幸運にはどう感謝したらいいのか。昨夜の雨が嘘《うそ》のように晴れあがった空のもと、葉の落ちかかった木々のならぶ街路の先の、首都高羽田線、東海道貨物線、さらには東京モノレールが交わる大橋を渡り、警備ではなく遊興にこそ似つかわしい水上警察の立派な巡視艇や《CUSTOMS PATROL》の文字が映える税関の小型ボートの係留された、物々しさと軽やかさが同居するドックを歩いてがらんとした倉庫がならぶ埠頭《ふとう》の道路に侵入し、「品川埠頭岸壁入口」という思わず身を投げたくなるバス停でなんとかきびすを返してふたたび大橋に戻り、草木に覆《おお》われた砲台からいまにも爆音が轟《とどろ》いてきそうなお台場への巨大な橋を見あげて、空の青にも海の青にも染まず漂う白鳥の姿を探した。オーディベルティの故郷アンチーブの港から見えるデ・ザンジュ湾には、おそらくおびただしい水鳥が飛んでいたことだろう。けれども波音より車両の音のまさるこの場所に彼らの姿は見えない。レールなど必要としない滑らかな中空での移動を繰り返す鳥たちを見て、そのむかしあの海辺の人工島で敵船を迎えた砲手たちはなにを思っていたのだろうか。名にし負はばいざことはむ都鳥。そういえば芝浦からのびている巨大な橋を、やがて都鳥の別名を冠した無人列車が走るらしい。港湾合同庁舎を右に折れると、汚水処理場に隠れた小さな公園に差しかかり、私はそこで、都鳥ではなく雀《すずめ》に餌《えさ》を撒《ま》いている老人に呼び止められた。

落としましたよ、あなた、ハンケチを落としましたよ。ハンカチではなくたしかにハンケチと発音した老人は私があわてて拾ったのを見届けたのちも幕下力士さながらのぎこちない動きで白い餌を地面に投げつづける。はじめはパン屑《くず》かと思ったその餌はどうやら穀粒のようで、礼を述べるついでに声をかけてみると、まちがいなく米粒だった。家にあまっておるんです、と老人はなにか悪事を見とがめられでもしたように言うのだった。米屋をやっておりましてね、倅《せがれ》が継いでくれはしたんですが、これは箸《はし》にも棒にもかからない古々米てえやつで、いまじゃみんな贅沢《ぜいたく》になって誰も買いやしません、棄《す》てるくらいなら雀にでもやったほうがましだと思いましてねえ。

連れ合いがいたいけな雀の舌でも切ってしまったのだろうか、雀のお宿へ謝罪に出かけてもきっとお土産には小さいほうのつづらを選ぶにちがいないこの優しい心根の持ち主にむかって、雀にやるくらいなら譲ってくださいとも言えず、私は憮然《ぶぜん》として帰路についた。

3

物騒な品をあずかっちまったってことだなあと筧《かけい》さんはなかば本気で言い、背後の棚から競《せ》りで落としたばかりの本を抜き出すと、帳場のわきに置かれた仕立屋みたいな低い平机にひろげられているパラフィン紙のうえにさっと滑らせた。カステラにも賞味期限がありますからねえ、あと一、二週間で不渡りになるってわけでしょう？　でもまあ心配ありませんよ、あのひとはよくどっかへ消えちまうって話ですし、いざというときには食べちまえばいいんです、あとで弁償しておけば済むことですから。

近くに大学があるわけでもなく自宅商売の物書きが集まっているわけでもないこ

の電車道沿いで、素肌をさらした女性の写真集や漫画本のたぐいはいっさい扱わず、比較的状態のいい一般書と筋の良い近代文学関係の古書を揃《そろ》えておもにカタログ販売で食べている筧書房の主人は、本を買うと無地の包装紙の隅に筧の図案をあしらった石印を押してくれるのだが、この店で昭和初期の意匠を思わせる印をはじめて見たとき私はすっかり感心し、センスのいいロゴですねと誉《ほ》めたところ、近所の知り合いが彫ってくれたのだという。こちらがあんまり誉めるものだから、興味がおありならご紹介しましょうか、店を構えずにひとりでやってるおひとだからと語り出した彼の口から出てきたのは、驚くなかれ正吉さんの名前だった。「長寿庵《あん》」でよくいっしょになる蕎麦《そば》仲間だと筧さんは笑い、こんな瀟洒《しょうしゃ》なデザイン感覚を持ち合わせているなんてひとは見かけによりませんねえと私が唸《うな》ったら、いやあ、下絵は手前で描いたんですと恥ずかしそうに教えてくれた。正吉さんはあくまで注文を受けて品を完成させる彫り師なのである。

客のいないとき、つまりほとんど終日ということになるのか、筧さんは店番のテーブルに大量のパラフィン紙をひろげて、呉服屋の番頭かと見まがうしなやかな指で持ち重りのしそうなラシャばさみと竹の物差しをあやつりながら、一冊ずつ汚れ防止のためのカバーをつけていく。表紙の色や題字がくすんでいると半透明のぱりぱりした紙の厚みにそれが消されて、指で押えつけるようにたどらなければなんの本だかわからないものも出てくるのだが、よほど見づらいものについては白い紙に筆ペンで丁寧に書いた背表紙を用意し、カバーをつける前にそれを巻いておく。外側につけると、棚から出し入れする際に破れることがあるからだ。パラフィン紙を扱っている最中に煙草《たばこ》を喫《の》んだりするのは、灰を落としでもしたら大変だから厳禁で、はさみの刃を交差させず、正しく構えたその道具の下の刃だけを使ってすこし両端をひっぱり、糸電話の振動板みたいに皺《しわ》のなくなった紙をシャーと音をたてて切り裂くと、こんどは本の大きさにあわせて両刃でしゃきしゃきと切れ目を入れる。彼にとってこの謎《なぞ》めいた蠟《ろう》引《び》きの紙かけは古籍商の品格を示す大切な仕事のひとつであるばかりか職人の腕の見せどころでもあるらしく、仕入れで店を閉めたり身体《からだ》をこわして何日か休んだりすると微妙な勘が鈍ってはかどらないという。なるほどそんなものですかと言葉を返す私に、もうほとんど家族みんなの宿痾《しゅくあ》ですよ、なにかの拍子に一週間くらいパラフィン紙に触れなかったりすると夕飯のあとに発作が起きて、家内と娘と三人して作業にとりかかるんです、素人《しろうと》目にはわかりませんが、まれに自分でもほれぼれするくらいうまく仕上がることがあって、そういう本はできれば売りたくない。ばかな話でしょう、内職じゃないんだから一銭にもならないのについ手が出ちまって、と筧さんは穏やかに禿《は》げあがった丸顔の頭皮にほんのりと熱をこめて話すのである。

その日、筧さんの店に寄る前に、私はようやく正吉さんのところへ包みを下げて出かけたのだった。電話をすればそれで済みそうなものだが、ふだん連絡をとらなければいけないような用事があるわけでもないし「かおり」に顔を出せば会えるので電話番号など聞いていなかった。女将《おかみ》さんにしたところで、正吉さんが払いをつけにすることは一度もなかったから、連絡先も控えていなかったのである。酔った勢いで届け物屋を引き受けたとはいえ、考えてみれば正吉さんのアパートに来るのもそれがはじめてのことだった。古い木造家屋の蝟集《いしゅう》する一角に崩れそうなままなんとか身を持ちこたえているその二階屋の場所だけは散歩の途中に遠くから認めていたのだけれど、板塀の内側にちょっとした庇《ひさし》をつけて雨よけにしたスペースの共同ポストには誰がどの部屋に住んでいるのか明記されておらず、怪しまれないよういかにも知人を訪ねてきたふりを装《よそお》ってまず一階から順々に表札を調べたのだが、そのときようやく正吉さんを正吉さんとしか呼んだことがないのに気づいて呆然《ぼうぜん》としてしまった。昇り龍《りゅう》の、と但《ただ》し書きをつければそれで通用してしまう存在感が彼にはあったのだ。ともあれフルネームの表札があれば苗字《みょうじ》を知らなくともわかるはずだ。すばやく一階を終えて外づけの階段をあがり、二階の玄関口に立ってみると、案の定、ふたつならんでいる用足しの隣の部屋のドアに、ボール紙にそっけないマジック書きで南雲《なぐも》正吉と記した表札があった。正吉さんの苗字は南雲というのか。私はなにか重大な秘密でも知ってしまったかのように、しばしその表札から目が離せなかった。

懐《なつ》かしい造りの建物だった。トタン屋根のある階段は建物の切り妻壁の中央をつらぬく窓のない廊下に通じていて、その両側に小さな部屋がいくつも詰まっている。ドアの間隔からすると、どれもせいぜい四畳半か六畳一間程度だろう。陽光のまったく入らない空間に裸電球が何メートルかのあいだを置いてふたつ、鈍い光の暈《かさ》を天井近くにひろげていた。ドアには磨《す》りガラスのはめこまれた四角い小窓があったが、かならず厚紙か布きれで目張りされており、隙間《すきま》から光が漏れ出るようなこともない。間借り人はみな会社勤めなのだろうか、ひとの気配がまるでなく、テレビやラジオの音さえ聞こえてこなかった。私はポケットに忍ばせてきたメモ帳を破ると、忘れものをあずかっていますと書いて名前と電話番号を添え、ふたつ折りにしてドアの隙間にはさんだ。その足で、筧さんの店に顔を出したのである。そんな面倒なことをするのなら、いっそまた飲み屋か銭湯にでも保管しておいてもらったほうがいいんじゃありませんか、という筧さんの意見は至極もっともで、なにも私があちこちカステラの包みをぶら下げて歩く筋合いなどないのだけれど、割り勘がふたりの原則なのにおごってもらった手前、もうひと晩くらいはうちであずかることにしますと応《こた》えておいた。

それにしても、筧さんの手つきは鮮やかの一語につきた。もはやこれは熟練の職人技というべきだろう。昨日の晩は娘の友だちに頼まれて音楽と社会科の教科書にパラフィン紙をかけてたんですよと相好《そうごう》を崩す筧さんがいま私のためにあたらしくカバーをかけているのは、一九五七年に三笠《みかさ》書房から出た島村利正《としまさ》の短篇集『残菊《ざんぎく》抄』だった。見返しに肉厚の黒のインクで趣のある署名があり、木訥《ぼくとつ》そうな著者近影も収められている。贈られた側の名前は、不義理をとがめられぬようナイフであとかたもなく削り取られ、けば立った箇所はなにか表面のつるつるしたものでこすってきれいにならされていた。函《はこ》入りの『奈良登大路町』やぬめっとした透明のビニールにくるまれている『妙高の秋』がひどく心に残って、この著者の旧著がまわってきたら取り置いてくださいと頼んであったのだが、すっかり忘れたころ、いい品が入ったからカタログに載せる前に買わないかと打診してくれたのである。上客でもなく、たまたま近所に住んでいて、パラフィンがけの技術に感服しているだけの男に示してくれた好意はありがたく受けとめつつ、こんなふうに予約でも入ってないかぎり島村利正の本なんてさばけないのではないかと勘ぐりもした。現物を手に取ってみると、序文を志賀直哉《なおや》が、解説を師の瀧井《たきい》孝作が書いており、さすがに値も張った。時間給講師の報酬は国会審議が中断して文部省の予算が下りないため春から数ヵ月間未払いのままだし、貯金も底をつきかけている。筧さんは私の逡《しゅん》巡《じゅん》ぶりを見抜いて黒目がちの大きな目をこちらに向けながら、きりのいい値までたまってからで結構ですよと言い、いや誤解しないでください、大台に乗せるくらい買ってくれということですからね、と意地悪くつけくわえた。

＊

八篇の作品を収める『殘菊抄』のうち、もっとも古いものが昭和十六年、新しいものが昭和三十二年の作で、まこと寡作《かさく》を絵に描いたような仕事ぶりである。「落付いてしっとりして、一寸古風《ちよつと》なやうだが、古風なところが今日の流行小説にない清新《せいしん》な感じだと見た。これは古くさいのではない、生き生きした古風の味だ。繪《ゑ》の方で云《い》へば、日本畫《ぐわ》でも洋畫でもない。版畫の味に似たものとでも云へやうか。この版畫の味も、小説としてはまた清新の手法で、これは誰にも眞似《まね》られない獨自《どくじ》の持味と云へる」と評した瀧井孝作の眼力は、島村の小説の語韻をじかにとらえてみごとなものだと言わざるをえない。その晩、瑞々《みずみず》しいパラフィン紙に包まれた古風な版画を心ゆくまで堪能《たんのう》しつつ、島村利正の筆に自身もまた寡作で知られた瀧井孝作の執筆態度を重ねて、朽ちることのない言葉の力の存在をあらためて胸に言い聞かせたような次第であった。

母娘《おやこ》二代の菊売りを描く表題作では、関東大震災で亡《な》くなった母親のあとを襲うように、父親を知らぬその娘が直面する第二次大戦の図絵が喚《よ》び起こされ、あいまに複雑にしてかそやかな陰影をほどこされた男女の、あるいは親子の感情の切れ端が、すこし言い足りないくらいの表現からじわりとわき出てくる。そういう印象がすべての作品に、うっすらとした靄《もや》のように覆《おお》いかぶさっていて、たとえば一宮の糸問屋の見習いに入った篠吉《しのきち》が、大旦那《おおだんな》の世話で、ひそかに好意を抱いてくれているらしい奥がかりの女中、節といっしょになり、暖簾《のれん》分けのようなかたちで撚屋《よりや》として独立し、着実に力をつけてゆく日々のなか、なぜ俺のように冴《さ》えない男といっしょになってくれたのだろうと自問しつづける「暁雲《げううん》」などはその好例だ。篠吉はながらく胸にくすぶっている懼《おそ》れにも近い気持ちを節にぶつけてみようとするのだが、いつも最後に口をつぐんでしまう。そういう不器用で控え目な男が新しい撚糸技術の開発に成功して事業を軌道に乗せたころ、ながいあいだ帰っていなかった郷里に帰省したいと節が言う。篠吉は妻の在所のことなど考えもしなかった慌《あわ》ただしい生活を恥じるかのように同意し、出立の朝をむかえる。不思議にも篠吉は、いつも感じてきた疑問をもう口に出さなくてもいいような気がしている、と語られての末尾の二段落はこんなふうだ。

それは逆に、幼いときから他家に身を寄せて育つた節が、本能的に感じた、一人前になればなるほど、逆に汚れてゆくのだといふをとこの姿のなかから、篠吉のやうな、それとは全く反對《はんたい》なをとこにこゝろ引かれたあの當時《たうじ》のことを、どんな風な言葉にのせて告げたらいゝだらうかと、この頃遊びをおぼえた篠吉に、赤城の見える車中ではじめて自分の言葉を云はうとして、ひそかに思ひなやんでゐるその節のこゝろを、かそやかに嗅《か》ぎとつた篠吉のこゝろであつたかも知れない。

遠い空はみるみるうちに明るさを増してきたが、ふと、頭上の、千切れさうになつてはまたつながり、飄々《へうへう》と巻いて流れてゆく曉雲の姿が、變り撚糸のやうな恰好《かつかう》に見えてきたので、篠吉はそれを節に云はうとしてふり返つてみると、節もやはりその雲の流れを見て、同じやうに、篠吉のその氣持がわかるやうな笑ひをうかべてゐたので、篠吉は口まで出かかつたその言葉を、そつと抑へて默《だま》つた。すると急に、篠吉の胸のなかに、子供心に似たほのかな狼狽《らうばい》が走つていくのが感じられた。

夫婦になってずいぶんな時間を過ごしてからはじめて抱いた幼い恋にも等しい感情が、なんとはない呼吸で屈折してゆく言葉の撚糸を通してこちらの胸を衝《つ》き、

「ほのかな狼狽」を走らせずにおかない。ときどき外国の本を取り寄せて活字を追ったりする者として、いま篠吉の心中にひろがりつつある震えを捕まえてくれるような言葉にはなかなか出会えないなと嘆息したくなる反面、いやそんなはずはない、新鮮な狼狽を現実に味わうのでなく言葉で伝えるにはどう生きたらいいのかを思いめぐらす文学は、国を問わずどこにだってあるのではないかとの想《おも》いもつのる。もちろん探して簡単に見つかるものなら苦労はいらないだろうが、退屈な日常をいかに反復すべきかをみずからに問いかけるとき、都電沿いを歩いたり荒川べりで野球を観《み》たり図書館でひがな一日本を読んだり王子にモノレールを招致しようなんぞという埒《らち》もない空想にかまけたりしながらも、畢竟《ひっきょう》、こうした「子供心に似たほのかな狼狽」を日々感じうるか否《いな》かに、大袈裟《おおげさ》だが人生のすべてがかかっているとも思うのだ。そのためには、目の前を流れていく光景に、刻々と更新される哀惜をもって接しなければならないはずなのだが、そういう当たり前といえば当たり前の努力を私はしているだろうか。ただでさえ想像力に乏しい頭を補う眼を養っているだろうか。島村利正の短篇を読み継いでいると、移動を義務づけられながらもじっと一所にたたずむ術《すべ》を心得た駄馬のような視線にたいする憧憬《どうけい》を感じないではいられない。

ところで駄馬といえば、信州は伊那《いな》の谷で海産魚介類の干物《ひもの》などを扱う商家、杉村屋の老婆《ろうば》ウメの半生を、たまたまこの地で行き倒れて息を引き取った旅商人の記憶にからめて刻む島村の「仙酔島《せんすいじま》」を読んでいて、私は幼少のころはじめて間近に見た馬の立ち姿を思い出した。杉村屋のウメが嫁いできたのは「外に五百頭、内に五百頭といはれた駄馬のさかんな」時代である。中央線も信越線もなく、海産物をはじめとする物資はすべて人馬が運んでいた。

北信の方は越中、飛驒に向つて通商路を持つたが、南信の伊那と諏訪は、高遠と岡谷を足溜《あしだま》りにして、甲州の甲府、韮崎《にらさき》を對手《たいしゅ》に取引があつた。甲州までは富士川の舟航を利用したのだが、鰍澤《かじかざは》が遡上《そじやう》の終驛で、そこから韮崎、信濃境、青柳へ出て、諏訪へゆく物資と伊那へ入る物資とに分れた。金澤峠を越えて高遠に積みこまれた物資は、更に伊那の谷一帶に手廣《てびろ》く商ひされたのだが、その當時、夜晝となく常に駄馬が街道に五百頭、高遠の町内に五百頭動いてゐたと謳《うた》はれたものだつた。

五百頭の駄馬がうごめく流通の要《かなめ》の賑《にぎ》わいはいかばかりであったろうか。信州や木曾の山路を黙々とたどっていくこれらの馬の吐く息や汗が森の気に触れて、深く澄んだ空気がますますその純度を増すようにも感じられる一節だが、そういう場面で辛抱強く負荷に耐えるのは、どうしたって在来種の馬でなければならない。年に一度、雪解けのあと杉村屋にやってくる旅商人岡野信吉の姿も、無骨で四肢が丸太のようにどっしりした木曾馬のなかに置かないと映えない気がする。四国の鰹節《かつおぶし》問屋の手代だった岡野は、ウメの店に立ち寄るようになって季節を重ねたある年、街に入る道の途上で脳溢血《のういっけつ》を起こし、還《かえ》らぬ人となる。以来ウメはずっとこの男の墓を世話してきた。物語は、若い時分に葬《ほうむ》った岡野の、福山にあるという実家をいちど訪ねてみたいと言い出したウメの願いに応えて、孫がその遺族と連絡をとり、いっしょに鞆《とも》の津に下って仙酔島を目指す一幅の絵のような場面で終わるのだが、ひとりの旅商人の死をそれこそ駄馬の厚いたてがみでくるむようにして守りつづけたウメの歳月を深く感得させる秀逸な締めはともかく、私は生まれてはじめて見た馬がサラブレッドでもアラブでもなく、小さな鬘《かつら》のようにもっこりした頭上の髪とモップさながらの筋の太いたてがみのある、テレビの時代劇や西部劇などで目にするのとはまったくちがう身体《からだ》つきの馬だったことを鮮明に思い出したのである。郷里から北陸へ抜ける車の旅のさなか、霧が深くなってしかたなく寄り道した川沿いの町の、蕎麦《そば》屋かなにかのすぐわきにあった小屋にその馬はつながれていた。食事を運んできた店のひとに尋ねてみると、木曾馬ですよと教えてくれた。まだ背の低い子どもだから、馬といっても父親に抱き上げられでもしなければ顔など正面から見られないはずで、私の記憶にある木曾馬はとにかく太いの一語に尽きた。ちょっと走れば簡単に折れてしまいそうな競走馬の細い脚とそれは似ても似つかぬ代物《しろもの》で、徘徊《はいかい》するでもなく、草を喰《は》むでもなく、ただ尻尾《しっぽ》をぱたんぱたんと振るだけで動きもしない動物の様子は、馬力があるという言いまわしの真実を納得させるにじゅうぶんな威厳をもって目に焼きついたのである。数こそ多くないものの、注意してみればまだ在来種の馬がちらほら山間《やまあい》の村などにつながれていた当時、私はその後も幾度か穏やかな獅子《しし》を思わせる木曾馬と出会っているのだけれど、ずっとあとになって木曾川沿いの馬場へ父親と通うようになったときその雰囲気をほとんど違和感なく受けとめることができたのは、走っている馬の大半が地に脚をつけたまま駆けるふうのアラブ系だったからにちがいない。数頭立てのアラブ馬が農具なみの蹄鉄《ていてつ》を轟《とどろ》かせて走りぬけるあの厳しいダートコースが馬場の内側にのんびりひろがる畑のとうもろこしの緑を波打たすかのごとく揺れてどよめき、重く濃い砂塵《さじん》とはずれ馬券を巻きあげて宙に散らしていった日曜日の午後。しかしいくらアラブ馬の存在が大きいとはいえ、地方競馬の厩舎《きゅうしゃ》など「五百頭の駄馬」が巨大な塊となってうごめく明治大正の信濃路に比べれば児戯に類するものだろう。

撚糸の専門家でもあった小説家の手になるのだから読者のこころを縒《よ》る巧みさは当然だとしても、「五百頭の駄馬」につい反応してしまったのは、やはりこのあいだ正吉さんと馬の話をしたせいなのだろうか。「かおり」の先代の女将《おかみ》さんが、開業前の苦しい時期に、すらりとしたサラ系牝馬《ひんば》ではなく質実で我慢強くてここぞというときの膂力《りょりょく》を秘めたアラブ馬で勝っていたら、どんな名を選んだだろう。わが電車道沿いには、ガラスケースに入っているおかずの皿を好きなように組み合わせ、ご飯とみそ汁をつけて家庭的な食事のできる大衆食堂がいくつかあって、日雇いの人々や独身の勤め人がよく集まってくるのだが、「かおり」に失礼してまれにそんな店に入ると、背中を丸め、ちびた赤鉛筆片手に競馬新聞を熟読している男衆と相席になることがあった。ビールをさんざん飲んだあと彼らが別腹で磯辺《いそべ》焼きにかじりついているのを見たりすると、笠松《かさまつ》競馬場でレースのあいまに買ってもらった焼き餅《もち》の海苔《のり》と香ばしい醬油《しょうゆ》の匂《にお》いが鼻先に漂い出し、それこそ「子供心に似たほのかな狼狽」にうろたえたものである。しなびたこころを洗うような名篇の一節を地方競馬の思い出に返したりする身も蓋《ふた》もない私の夢想をあざ笑うかのように、筧さんが付けてくれたまっさらなパラフィン紙がコンビニのおにぎりを包む焼き海苔よろしくぱりぱりと乾いた音を立てる。普段は気にもならないその音が妙に耳ざわりで、筧さんには悪いけれどはがしてしまおうかと思ったそのとき、部屋の隅で黒電話が鳴りひびいた。

4

悪いけどさ、夕めしがまだなら、ちょっと来てくれないかな。

てっきり正吉さんかと思ったその電話は大家の米倉《よねくら》さんからだった。月に一、二度、娘の勉強を見てくれるなら家賃を安くしておくという、書面には記載されていない契約時の申し合わせがあって、それはかならずしもお金を持っていく晦日《みそか》にではなく娘の咲ちゃんの宿題の難度が一定レベルを超えているときに起こりうる不意打ちなのだが、お呼びのかからない場合でも黙って一割は引いてくれたので、勤め先で教師の顔をするのはあれほど嫌なのに、こちらは特別な用事でもないかぎりほぼふたつ返事で出かけていった。

米倉さんは電車道をへだてた先の、東京都内にそんな駅があるとは近隣の住人以外おそらく誰も知らないだろう尾久《おく》駅の近くで旋盤工場を営んでいる。現役終了間近の爺《じい》さんと、社長とは名ばかりの、熟練工である自分自身をいれてふたりしかいない町工場だけれど、何軒目かに入った地元の不動産屋が斡旋《あっせん》してくれた慈悲深い部屋の貸し主なのだった。なんとか仕事はあるものの収入は不安定、書籍類がむやみと多いので木造ではなく鉄筋コンクリートが必須《ひっす》であり、さらに陽当たりが悪ければなお結構との条件を聞き、鉄筋はともかく陽当たりの悪い部屋だなんてあなたもずいぶん変わった方ですなあと呆《あき》れ顔の不動産屋は、それでも大事な本の陽焼けを防ぎたいのだとの説明にひとまずは納得して店裏の奥さんを呼び、なあおい、米倉さんとこ空いてたよなと訊《たず》ねると、もうすっかり秋と言っても差し支えないのに派手な黄色のワンピースから夏大根のような腕を突き出した奥さんが煙草《たばこ》を吸いながら現われて、鉄骨の町工場で外壁はスレートだからちょっと殺風景だけど、事務所用に改装されたもんだから床はしっかりしてますよと言う。格安の家賃を聞いて飛びついた私のまえで、部屋を見たいひとがいるから連れてくよと主人は米倉さんに電話を入れたのだった。

電車道の周辺にはあらかじめ計画して引かれたとおぼしきまっすぐな道路が縦横に走っていて、地図で見るとそれほど整然としているわけでもないのに、じっさいに歩いてみると高層ビルがなくて空が広いせいか、よく言えばこざっぱりした、悪く言えば活気のない印象を受ける。昼間はひと通りもすくなく、街路のずっと先まで見通せるため、都心の喧噪《けんそう》が染《し》みついた身にはかえって不安を掻《か》き立てられるほどだ。トラック一台分の幅しかない公道に面してぽつぽつとならんだ町工場からは、時おり耳をつんざく機械音といっしょに金属の焦《こ》げるような重くなまあたたかい臭《にお》いが流れ出していた。少年時代、陶器の絵付け屋が櫛比《しっぴ》する長屋に住んでいた友人宅へ遊びにいくと、釉薬《ゆうやく》を溶かす薬品や特殊な顔料の臭いが充満していて、よく鼻がおかしくならないなと感心したほどだが、何本か先の辻《つじ》でその臭いを嗅《か》ぎわけられるようになると逆に安堵《あんど》したものである。尾久《おぐ》の町工場を覆《おお》っていたのはそれと似た空気で、大通りと平行して走る路地のつきあたりにある米倉精器の作業場は、油膜が張ったみたいにどんよりと澱《よど》んでいた。この作業場の上に部屋があるのだとしたら少々考えものだなと気が引けそうになったものの、太い鉄の梁《はり》からぶら下がっている鉤《かぎ》つきの鎖をいじっていた、小柄だががっちりした男性の後ろの壁の、作業心得をまとめた大きなプレートのわきに赤マジックで《旋盤ハ二刃ヨリ芳シ》《カンバ》と書かれた紙が貼《は》ってあるのを見たとたん、こういうくだらない洒落《しゃれ》を飛ばすひとが大家なら愉《たの》しかろうと、物件を確かめもせずにもうなかば決心がついてしまったのである。

挨拶《あいさつ》もそこそこに、おうおうおう、と妙な声を発しながら背をかがめて小走りに事務所へ飛び込み、真っ黒な手をきれいに洗って出てくるなり、運が良かったねえ、ちょうどこのあいだ空いたばっかしだよと破顔一笑した米倉さんの口もとからは、いつ治療したのか、ほんのわずかつき出した歯と歯のすきまに金の詰め物がのぞいていて私の気持ちをなごませてくれた。せっかく仲介屋がいるのだから鍵《かぎ》だけあずけてしまえばいいものを、米倉さんはいっしょに仕事をしていた頑固そうな老人に、林さん、ちょっくらいってくるよ、と留守を頼んで、工場から幾筋か離れた通りにある別棟までわざわざつきあってくれた。ふだんは倉庫として使われている建物の二階に貸部屋があるらしい。床は頑丈でもあそこは「ねこのしたい」だから、本棚はそんなにたくさん入らないよと笑う米倉さんの台詞《せりふ》の、「猫」と「死体」の観念連合でいっとき私の頭には不吉な映像がよぎったが、それが「猫の額」の意味だとわかるまでにしばらく時間がかかった。

大きな鉄の引き戸の脇《わき》にあるドアからすぐにはじまる階段をのぼると、左側にちょっとした靴脱ぎ場があり、冗談みたいな流しとトイレがあるきりで押入もなにもない六畳弱の、殺伐とした空間が現われた。鉄板の床に厚手の板を敷いてそのうえに目の細かい灰色のカーペットが敷き詰めてあるため、たしかに書棚を置くにはしなりもなく強度も十分で、窓はガラスと枠のあいだをパテで埋めてある開け閉めが難儀なほど重い旧式だが、これは私の注文どおり、隣の雑居ビルと接しているのでほとんど陽は入らない。しばらく前まで製紙会社の下請け業者が入っていたこの部屋には古びた黒電話が残されていて、名義を変更すればそのまま使えるようになっていた。道々私の冴《さ》えない身の上話に耳を傾けていた米倉さんは、娘の勉強を見てくれたら家賃も負けておくがどうかという先の風変わりな提案をし、俺は勉強なんてからきしわからないから娘にも好き放題やれと言ってあるけど、それはそれ、せめて高校には進んでもらわないと困るものなあと詰め物を見せながら言う。私はその話に乗った。狭いことは狭いが部屋も気に入ったし、家賃はすこしでも安いほうがいい。以来、不定期の助っ人として咲ちゃんの勉強につきあってはきたものの成績はなかなか改善の兆《きざ》しをみせず、また結果が出ないことを米倉さんも咲ちゃん自身もあまり気にしていなくて、要は学校で恥をかかない程度に机に向かう習慣をつけさせたいというのが本音らしかった。

＊

ちょっと来てくれないかなあという米倉さんのよく通る野太い声のむこうで、またカレーで誘うなんて悪いよと咲ちゃんが叫んでいる。米倉さんは二年前に奥さんを亡《な》くして、いまは実母と娘の三人暮らしなのだった。食事の支度は主におばあちゃんの役目だが、なにぶん高齢なので体調のすぐれないときはほとんど咲ちゃんが自分流のあっけらかんとした料理をつくる。正直な話、私が呼ばれる夜のメニューはたいがいカレーか焼き肉で、カレーの味がまずまずなことはすでに確認済みだったし、午後から島村利正に夢中になって昼を抜いていたので空腹にたえられず、正吉さんからの連絡を気にしつつ暗い道を急いだ。

小学校の低学年から珠算を習っている咲ちゃんは、暗算ならば三桁《けた》でも四桁でも自在にこなせるくせに英語と国語がからきしだめで、勉強はいきおいこの二教科が中心になる。野菜たっぷりのカレーとレタスにトマトのサラダをご馳走《ちそう》になってから私たちは食卓の隣の居間で英語の教科書を開いたのだが、新しい課の原文と照らした彼女のノートを見て私は虚を突かれた。「月曜日の朝、トム木挽きはゆううつだった」という謎《なぞ》めいた訳文が丸っこい文字で堂々と書きつけられていたからだ。もしやと思って作者を確認すると、案の定、マーク・トウェインである。マーク・トウェインと言われてもぴんと来なかった咲ちゃんは、ご丁寧にもTom Sawyerを辞書で調べて、トムはトマスの愛称、ソーヤーは木挽き、ふたつあわせればトム木挽きであると結論を下したのだった。いたって真面目《まじめ》な彼女に木挽きの意味を尋ねてみると、陸上部の花形であるすらりとした隠元《いんげん》みたいな細身の身体《からだ》をよじり、「なんぢの歯は毛を剪《きり》たる牝羊《めひつじ》の浴場より出《いで》たるがごとし」と『雅歌』に詠《うた》われたとおりの爽《さわ》やかな歯を見せてあっはと笑うばかりで、木挽きが樵《きこり》の意味だともわからない様子である。しかし辞書にそう書いてあったからという前後の文脈を無視した訳語の正当化は、品川で相手をしているもっと年かさの子どもたちの態度と変わるところがなく、さらに告白すれば私が日ごろ横文字を縦に変換する際つい面倒くさくなって済ませてしまうのと同列の手抜きだったから、こちらに反省を強いる権利などありはしないのだった。そもそも心尽くしのカレーをつくってくれた愛らしい中学生になんの文句が言えるだろう。調べた単語を組みあわせて文章に仕立てようとする私の頭からはトムコビキという不思議な音がなかなか離れてくれず、人名としては原語よりむしろこのほうが魅力的だとさえ思えてくる始末で、そういえば秩父の山奥で木を伐《き》っていた正吉さんはまぎれもない木挽きだったのだなとそんなところで急にまた正吉さんが出てきてカステラの袋が気になりだし、やっぱり今晩のうちに「かおり」へ荷物を持っていくべきだろうかと、心はあらぬ方向へ動きはじめるのだった。

なんとか形をつけ、ひと休みしてネスカフェを飲みながら雑談をしていると、明後日《あさって》までに読書感想文も書かなくちゃならないの、と咲ちゃんがつまらなそうに鉛筆をまわすので、だったら『トム・ソーヤー』について書けばいいさ、英語の予習にもなるし一挙両得だ、と励ましたところ、扱う教材はプリントでもらっている から好きに選べないもん、と早くもあきらめ顔である。おまけに作者も作品名も伏せてあり、感想文のみならず、内容にふさわしいタイトルをも考えなければならないのだという。興味をそそられて見せてもらったそのプリントの、「僕の行っていた中学校は九段の靖国《やすくに》神社のとなりにある」という冒頭の一行に接して、私はまた目を見張った。

鉄筋コンクリート三階建の校舎は、その頃モダンで明るく健康的といわれていたが、僕にとってはそれは、いつも暗く、重苦しく、陰気な感じのする建物であった。

僕は、まったく取得のない生徒であった。成績は悪いが絵や作文にはズバ抜けたところがあるとか、模型飛行機や電気機関車の作り方に長じているとか、ラッパかハーモニカがうまく吹けるとか、そんな特技らしいものは何ひとつなく、なかでも運動ときたら学業以上の苦手だった。

この短篇が安岡章太郎の「サアカスの馬」だとすぐにわかったから驚いたのではない。私が小学校のころ国語の教科書に載っていた作品がいまだ現役で、しかも中学の教材として使われていることに面食らったのでもない。九段や靖国神社を知らない子どもでもこの物語は楽しめるし、短い作品だから授業で取りあげるのにも好都合なのは、誰にでもわかる。内容に関する不満もまったくないのだが、少年の私に、ある意味で押しつけられた解釈がいまでも生き延びているとしたら、ちょっと耐えがたいなと感じたのである。

主人公の「僕」は、勉強ができないだけでなく身だしなみにも問題ありの脆弱《ぜいじゃく》な劣等生だ。読者は彼のつぶやきに耳を傾け、冴えない落ちこぼれであるとの設定を疑いもせず物語に入っていく。けれども彼がたんなるぐうたらでなさそうなのは、教室中から非難の眼差《まなざ》しを浴びつつ、「くやしい気持にも、悲しい気持にも、なることができず、ただ心の中をカラッポにしたくなって、眼をそらせながら、／（まアいいや、どうだって）と、つぶやいてみる」と意識的な距離を取っていることからも明らかで、廊下に立たされてもむしろ独りでいるほうが好きだと述べる少年の言葉は、純粋な寂しさや孤独とはずれた、年齢に関係のない堅固な意志を感じさせずにおかない。やればできるのに、主人公はあえて「取得のない」生徒を演じ、ある程度計算ずくで自分だけの座標を確保しているのではないか。主人公に共感できるとしたらそこしかないはずだ、と手をあげた拙《つたな》い発言が意地の悪い見方として教師に却下されてこの方、私は「サアカスの馬」を読み返したことがなかったのである。

知ってる話？　と探りを入れる咲ちゃんに、むかしから教材に使われているとても有名な小説だけれど、タイトルは教えられないよとあらかじめ諭してから、私は懐《なつ》かしさとも気まずさともちがう心持ちで先をたどっていった。「僕」の時代の靖国神社では春と秋に祭りがあって、その時期になるとさまざまなアトラクションの天幕が張られ、小路《こみち》をはさんで境内に接した校舎からは天幕の裏側が見える。そんな祭りの一日、「僕」はサーカスのテントの陰に赤茶色の馬がつながれているのを眼に留める。

……それは肋骨《ろっこつ》がすけてみえるほど痩《や》せた馬だった。年とっているらしく、毛並にも艶《つや》がなかった。けれどもその馬の一層大きな特徴は、背骨の、ちょうど鞍《くら》のあたる部分が大そう彎曲《わんきょく》して凹んでいることだった。いったい、どうしてそんなに背骨が凹んでしまうことになったのか、僕には見当もつかなかったが、それはみるからに、いたいたしかった。

そのみすぼらしい馬との出会いに触れたあと「僕」は、教壇でこの短篇を扱う者がたぶんまちがいなく注意をうながす有名な――中島敦《あつし》「山月記」の、虎《とら》になった李徴の独白とならんで人口に膾炙《かいしゃ》しているだろう――台詞を吐く。一頭だけ忘れ去られたようにぽつんと立っている馬と、やはりひとりだけ廊下に立たされているわが身を重ねてしまうのだ。

彼は多分、僕のように怠けて何も出来ないものだから、曲馬団の親方にひどく殴られたのだろうか。殴ったあとで親方はきっと、死にそうになった自分の馬をみてビックリしたにちがいない。それで、ああやって殺しもできないで毎年つれてきては、お客の目につかない裏の方へつないで置くのだろう。……そんなことを考えていると僕は、だまってときどき自分のつながれた栗《くり》の木の梢《こずえ》の葉を、首をあげて食いちぎったりしているその馬が、やっぱり、（まアいいや、どうだって）と、つぶやいているような気がした。

寂しそうな馬に自己を投影する少年の心の動きに、かつての私が鈍かったわけではない。いかに型どおりであっても、「鞍のあたる部分が大そう彎曲して凹んでいる」馬のたたずまいに共感を覚えている主人公の内面を指摘すれば教師のおとがめを受けることはないだろうし、事実その読みは周到に準備された結末へとつながっていくからである。しかし私には、どうしてもこの「僕」が確信犯的にぐうたらを装《よそお》い、自身のテリトリーを堅く護《まも》っているしたたかな少年だと思えてならず、さらに言えば、テントの裏にいたのが馬でなくて他の動物だったらあんなにも自然な視線を投げることは不可能だったろうという気もしていたのだった。つまり「僕」が不器用に見えながらそのじつ複雑な感情の張力をあやつって「独り」の状況をつくりだしていく手際《てぎわ》に惹《ひ》かれるのとおなじく、象やキリンやライオンや虎や猿やアザラシの活躍する大サーカスに触れている身としては、これは馬以外に成り立たない物語だと認めざるをえなかったのである。霊長類の利発そうな横顔よりも、じっと動かない馬のほうが人間に近いのではないか、と。相手が馬だから起こりうる不思議な共振。「サアカスの虎」では、やはり話にならない。

さしたる興味もないままくぐってみたそのサーカスのテントのなかで、「僕」は例のみすぼらしい馬が引かれてくるのを見て驚愕《きょうがく》し、「いくら、ただ食べさせておくのが勿体《もったい》ないからといって、何もあんなになった馬のカタワを見せものにしなくたっていいじゃないか」と義憤を覚える。作者の巧みな筆は、ここでもう一度、教室の窓から見たときと変わらない劣等生の自分になぞらえうる馬の外貌《がいぼう》を、毛艶も悪く、覇気もなく、飼い葉の食いが良くなくて馬体重も減となった馬をパドックで見るようなぐあいに、「馬は、ビロードに金モールの縫いとりのある服を着た男にクツワを引かれながら、申し訳なさそうに下を向いて、あの曲った背骨をガクガクゆすぶりながらやってくる。鞍もつけずに、いまにも針金細工の籠《かご》のような胸とお尻《しり》とがバラバラにはなれてしまいそうな歩き方だ」と描きなおす。

ところが、その馬が大化けするのだ。鞍がないのはそこにサーカスの人間が乗って芸をするからで、楽隊が音楽を奏《かな》ではじめるや、馬は（まアいいや、どうだって）とつぶやくどころか一座の精気をすべてもらいうけたかのごとく輝きだし、機敏な動きでテントのなかを闊歩《かっぽ》したり、台のうえに立ったり火の輪をくぐったり、まさに花形と呼ぶほかない演技を披露する。馬の境遇に関する思いちがいが明らかになるにつれ日々の屈託がしだいに薄れてきた「僕」は、役割を終えた馬にむかって、いつのまにか懸命に拍手を送っていた。その拍手を、無言の励ましにたいする感謝のあらわれと見なすのが「サアカスの馬」の解釈の定番だったのである。かりにそんな読みが存続しているとしたら、私の記憶は静かに封印しておいたほうがいいに決まっている。

ねえタイトル教えてよ、お願い、と両手を合わせる咲ちゃんを見て、ああここにも（まアいいや、どうだって）とつぶやく中学生がひとりいたのだといまさらのように気づいた。ならば彼女にとっての「サアカスの馬」にほかならぬこの私にも、突如として輝き出す瞬間は訪れるのだろうか。馬群後方につけていた四コーナーで外から一気に差しきる華やかな舞台がいつの日か用意されるのだろうか。なんとなくやりきれない気分で「トム木挽き」のテキスト二段落分の文章を整え、粘る咲ちゃんにプリントのほうは自分で考えなさいときっぱり言い渡したところで、浅黒く照り輝いた頬の筋肉をゆるめた米倉さんが一杯やってきなよと声をかけてくれた。私はそのありがたい誘いを仕事があるからと丁寧に断り、教え子ではなく料理人としての咲ちゃんに厚く礼を言って、伯母さんのお叱《しか》りを逃れるトム・ソーヤーよろしく玄関を抜け出した。仕事とはむろん正吉さんへの届け物だったが、歩いているうち部屋にもどって包みを持ってくるのも億劫《おっくう》になり、手ぶらで「かおり」に寄ってみることにした。

昼間は金属臭の漂う町工場の一角もこの時間にはさすがに空気が洗われて、鼻を刺激することもなければ眼を射《さ》すこともない。そのかわり隅田川のほうから饐《す》えた臭《にお》いのする微風が、碁盤目状の街路のあいだを吹き抜けてくるのだった。私の鈍い嗅覚《きゅうかく》では、むかし住んでいた面影橋沿いの部屋に入り込んできた神田川の臭いと区別がつかないけれども、荒川まで足を延ばすとまたべつの空気が澱《よど》んでいるから、川水ではなくて街に染《し》みついた固有の臭いなのだろう。生活排水は暗渠《あんきょ》に流れ込んでいるはずなのに、ふやけた米粒のまじった洗い水やバスクリンを使ったあとの緑色の残り湯からのらりくらりと立ちのぼる湯気みたいな甘ったるい空気の流れが鼻をかすめたが、これはたぶん高い天窓から桶《おけ》と水の音を響かせている風呂《ふろ》屋のものだ。筧さんの忠告に従って銭湯の親父《おやじ》にでも訊《たず》ねれば正吉さんの居所がわかるかも知れない、と思ったそのとき、目の前の薄闇《うすやみ》に、とつぜん首の太いずんどうな馬が現われた。黒い量塊の一方に取り付いた豊かなたてがみを風になびかせ、電車道への侵入者をふせぐ柵《さく》によりかかって線路を見つめているようだ。反射的に足を止め、たまたま闇夜を快走してきた都電のあかりに眼を凝らすと、半身を起こした馬の胴体と見えたのは、干したまま入れ忘れた敷き布団《ぶとん》と積み重ねられている毛の深い巨大な足拭《ふ》きマットの混合体だった。サアカスの馬ならともかく湿った布団に思い入れなどない私は恐怖に身体《からだ》を固くして「曲った背骨をガクガクゆすぶりながら」、ぼんやりと紫に浮かんだ「かおり」の看板のほうへふらふらと歩いていった。

5

正吉さんが消えてから一週間が経《た》った。そのあいだに私はまた教師の真似事《まねごと》をし、友人と分担で進めている東欧旅行のガイドブックの翻訳をかたづけたり、川べりを歩きまわったり、暇そうに見えてじつはそれなりに忙しい日々を過ごしていたのだが、正吉さんからはなんの連絡もなく、「かおり」に立ち寄った形跡もなかった。問題の包みは女将《おかみ》さんに渡してお役御免となったものの、店に顔を出せば話の流れで名前も挙がるし、本人がいなくとも昇り龍《りゅう》の影だけはいつもそこにあるような気がするから、あんな中途半端《はんぱ》な恰好《かっこう》で正吉さんはいったいどこへいってしまったのだろうと気にならない日はなかった。

捕まらないときは捕まらないものですよ、となじみの客がその日も言うのだった。おなじポイントでも水温が変われば魚のいる層が変わる。寒い冬と温かい春とでは糸の長さを微妙に調節しなければならんでしょう。理屈はわかっていても実際にやってみるとこれがなかなかうまくいかない。加減てやつは経験をつまないとわからないものですからね。思いつきで適当にいじってみると、案外かかったりするからよけいに困る。あのおひとは背中に龍を彫ってるくらいだから、出来あいの竿《さお》で釣り上げるのはもっとむずかしいんじゃないかね。ながいこと姿が見えなくなったりするので、遍路でもしてるんじゃないか、六部《ろくぶ》じゃないかって話してたこともあるくらいなんですよ、ねえ。

話を振られた女将さんは、そうだったかしら、どなたも毎日いらっしゃるわけじゃないし、たまに寄っていただけるだけでうちはじゅうぶんなんですよ、自由に見えてやっぱりひとつところをぐるぐるまわってる回遊魚みたいなひとにも親しみがわくんだけれど、とまちがっても常連なんて言葉は使わない覚悟の柔らかな笑みを浮かべて客の抑圧をさらりと解いてから、この季節になると調理台の一角に場を与えられるおでんの具の区画整理をはじめる。私はいつもとちがう隅の席で鯵《あじ》フライ定食を食べたあと珈琲《コーヒー》を注文し、耳に滑り込んできた女将さんの比喩《ひゆ》にしばし沈黙していた。四角い水槽ではなく広々とした円形の回遊水槽に入れられ、他の連中よりは恵まれた境遇だとつまらぬ思いこみをただせぬうち、どうしたわけだかみな一定方向へまわっている魚群に飲み込まれてしまうあれらの魚たちと、電車道の近辺をただ行き来するばかりでいっこうに外へと目をむけないこの私にどんな差異があるのか。

以前、池袋の高層ビルにある水族館でたまたま餌付《えづ》けの時間とかちあい、すさまじい争奪戦になるのではと緊張気味の観客など見むきもせず、流れに乗ったまま悠然と餌《えさ》を確保していく大小さまざまな魚たちの姿に感動した覚えがある。時間内であればまた腹を満たすことができるのだからなにも混みあうところに頭を突っ込む必要はないとでも言いたげな彼らの、幽閉された回遊魚としての矜持《きょうじ》に打たれたのだ。しかし大海に住まう魚たちとて行動半径が多少ひろがるだけの話で、大局的には生涯変わらぬコースを巡回しているのではないか。それはそれで狭い世界だと言えるのではないか。だとすれば、水槽に閉じこめられているほうが、むしろ小まわりがきいて楽しめるような気もしてくる。私がその規模の小さな回遊魚なら、正吉さんなぞはさしずめ大海をへめぐるタイプだろう。たまたま時期が重なって交錯しても泳ぐ速さが異なるからしぜんと離れて、次の接触を待つことになる。おなじ海域にあっても深度がずれればぶつかることもない。「かおり」のカウンターは、だから私のような小魚はもちろん大魚にも安心できる大陸棚みたいなものかもしれなかった。

ふいに目のまえがふさがったので我に返ると、爪先《つまさき》立ちになって背丈をかせいだ女将さんが、袖《そで》をたくしあげた右腕をいっぱいに伸ばしてやや窮屈そうに身体《からだ》をよじりながら珈琲カップを着地させようとしている。黒い液体の表面が揺れたりしないのは、コップの縁すれすれまで注いだ熱燗《あつかん》をこぼさず移動させることでつちかった職業的な平衡感覚のなせるわざだが、正吉さんがいれば当然いっしょに味わうことになるはずの珈琲はいまだ一杯立てのままで、ふたりで飲むための新鮮な豆の缶を日々補充しておくブレンドキープ計画も切り出せそうにない。味だけは知っている問題のカステラの、「かおり」の珈琲との相性を想像しつつ、私は左手にあるピンク電話を囲った飾り戸の障子の影模様に目をやった。いつもはちがう席にいて気づかなかったのだが、古びた障子紙の右隅に輪郭のにじんだ薄茶の染《し》みがあって、それが品よく傾いた瓢箪《ひょうたん》の形に見える。桟に区切られたひと枡《ます》の構図がその染みのおかげでずいぶんと締まり、電話のうえにある裸電球の光がさらに微妙な陰影を与えて、あらかじめ計算したのかと思わせるほどの効果を発揮していた。枠ごと切り取って落款《らっかん》でも押しておいたらどうかなとまたろくでもないことを考えているうち、はっとひらめくものがあった。正吉さんがながく姿を見せないのは、もしかしたら印鑑を届けたのと同時に供養《くよう》のほうも引き受けたからではないか。

正吉さんのむかし話がどこまで信用できるか保証のかぎりではないけれど、切れ切れに声低くつづく彼の問わず語りのなかにひとつ、胸にふかく残る情景があって、私はそれを一度だけ、さも自分が経験したかのように知人に吹聴《ふいちょう》してやったことがある。秩父に隠遁《いんとん》していたころとどのくらい時期がずれているのか、たぶんいまの私とさほど変わらぬ年かさのとき、正吉さんはある事情があって逐電した友人の女房子どもをかくまうことになり、厄介な人間が訪ねて来るのを避けるため、家族連れを装《よそお》って富山の温泉宿に滞在した。正吉さんも逼迫《ひっぱく》しているときだったし、金目のものを全部持ち出してしまった友人の妻のほうにもまともな金は残されていなかった。信用できる筋からの援助を待って宿屋で待機していたものの時間は無為に流れるばかりで約束の期日をすぎても連絡はなく、ついに宿代も払えないことがはっきりした正吉さんは、主人のところへいき、詳しい話は伏せたまま、持ちあわせのないことを素直にうちあけて土下座したのだという。たぶんいまとおなじあの声で訥々《とつとつ》と喋《しゃべ》ったのだろう、じゃあ、あんたにはなにができるのかと主人に問われた正吉さんは、商売柄、印章ならこの場で彫ることができると答えた。実印一個分の石と、柘植《つげ》の印木を数本持っているので、時間を頂戴《ちょうだい》できれば彫らせていただく、と。そういう居残りの客に慣れていたのか主人はなかなか腹の据わったひとで声を荒らげたりせず、それなら柘植の木と石でひとつずつ印を彫ってくれと物納を認めてくれたのだった。赤子を抱えた友人の奥さんは、ふだんはなかなか様子のいい、もっといえば婀娜《あだ》っぽいところのある女性だったが、疲れと緊張でにわかに容色も衰え、乳も出なくなっていたし、宿代どころか粉ミルクの金も調達しなければならない。話が一段落してから、見かねた宿の奥さんが隣村のよろず屋でミルクを買ってきてくれさえした。

翌朝、陽がのぼると正吉さんはすぐ持参してきた七つ道具をひろげて楕円《だえん》形の断面に印刀をあてはじめた。前夜は酒も絶ったせいかいつにない集中ぶりで、ふだん厳しい見方しかしない自分でも珍しく満足のいく印が彫りあがりそうな予感がしたという。まずは木を片づけてから二日目の夜半、赤ん坊がうまく寝てくれて友人の女房も横になったあと、勢いをかって実印が彫りあがった。ところが校正印のための紙を切らして仕上がりを見ることができず、それでもなんとかぐあいを確かめたくて反古《ほご》を探したのだが、どれも昼間のうちに火にくべられていた。時間も時間だしこんなことで主人を起こすのもはばかられ、しばし途方に暮れていると、形ばかりの床の間の壁にくり抜かれた飾り戸の障子が目に入った。悪いとは思いつつ、いくらか亢奮《こうふん》していた正吉さんは、その右下の枠の、黄ばみのあるもっとも目立たない障子紙の裏に台座をあてがって、両側から挟み込むふうに印をしっかりと押しつけてみた。すると変色した糊《のり》と虫食いの穴で自然な汚れをつくったその紙の風情《ふぜい》が鮮やかな朱の印泥《いんでい》に合い、思いつきにしては結構なできばえの、一幅の絵を生み出したのである。

そんなことして叱《しか》られませんでしたかと訊《たず》ねた私に、正吉さんは、いいや、その障子に押した印の話はしなかったし、むこうも気づかなかったな、友人の友人から間接的な指示があって宿を出るまで何日かあったはずだが、足りない分はまたいつか返してくれと言われただけで飯も食わせてくれたよ、ことによるといまでもあの部屋の障子には印が残ってるかもしらんな、と相変わらず裸のピース缶を手に話してくれたものだ。身を伏せなければならなくなった友人と彼の奥さんと小さな子どもの三人はその後どうなったのかと勇気を出して聞いてみたら、旦那《だんな》は何年かまえに死んだよ、と意外にあっさり答えてくれた。ずいぶん逃げまわっていたらしいが、ほとぼりがさめたあと女房のほうから、然《しか》るべき筋の紹介で働いていた自動車の部品工場での残業中、くも膜下出血であっけなく死んだと連絡があって、ついては俺が彫った旦那の実印を、もう必要がないし辛《つら》い思い出もあるからお返しする、名義はぜんぶ変更して市販の印の登録も済ませたからあと腐れのないように供養してもらいたい、たぶんうちのひとも喜ぶだろうから、とこれもまたまっすぐな頼みごとがあってな。

それにしても実印を供養するとはどういうことなのか。達磨《だるま》やお守りを稲荷《いなり》や寺社に返すのと似たしきたりなのだろうか。正吉さんによれば、秋口に印鑑供養と呼ばれる儀式があちこちで催されるのだそうで、印章が書類に重きをなすのは明治以降のことだし、それほど古い慣習ではなさそうだが、傷ができて使いものにならなくなったり持ち主が死んだりして扱いに困った印を一括して処分するこの行事のために、わざわざ東京から京都の下鴨《しもがも》神社あたりまで出かける者もいるらしい。しかし正吉さんはそのとき、あずかった印をどこかの寺社に持っていくかわりに奥さんのところへ出向き、友人の位牌《いはい》に手を合わせたあと、御神酒《おみき》を一杯あおってひと呼吸置いてから、依頼主を前にして、鑿《のみ》と槌《つち》で石をたたき割ったという。めったにないことだが、客の印を不正に使う輩《やから》の話もちらほらあった時代だから慎重さが求められたし、半端なことをするより砕いたほうが無難だと判断したからだ。私はその話を聞いて、なんだか彫刻家が満足のいかない石膏《せっこう》像を破壊するみたいな凄《すご》みを感じ、思わず姿勢をただした。

季節としては、ちょうどいま時分のことだ。あの小雨の夜、正吉さんは印章を届けるだけでなく、不要な印を供養する仕事も引き受けていて、それをきちんと片づけたら回遊魚となって「かおり」に戻ってくるつもりだったのではないか。置き忘れのカステラごときが気になるような性格ではなかろうし、ここはしばらく静観の構えでいたほうがよさそうだ。そんなことを考えながらぼんやり珈琲を啜《すす》っていると、奥の客とのやりとりが一段落した女将さんが私のほうにそっと身をかがめて、失礼なことお聞きして申し訳ないけれど、おととい、鮫洲《さめず》にいらっしゃらなかった？　と小声で訊ねた。ニョッキみたいに真ん中がへこんでいる柔らかそうな耳朶《じだ》から先のほうに形よくとがった耳を寄せるふうに声をかけてくるいつもの調子で彼女は言うのだったが、こちらは悪戯《いたずら》がばれた子どもの顔で彼女の目を見つめた。

品川の臨海地区にある仕事場からの帰り、目黒の古いほうの美術館で暇をつぶしているうち情けなくも足が動かなくなり、わずかな距離でもったいなかったけれど運よく現われたバスに飛び乗って目黒駅に戻ろうと後輪のうえの一段高い席に腰を下ろしたとたん例のごとく寝入ってしまった私は、身体を前後左右に揺すぶられ、座席から転げ落ちそうになってようやく目を覚まし、それが大井競馬場行きであることに気づいたのだった。あわてて窓の外を見やるとまるで親しみのない景色がひろがっていて、事故かと思えるほどに車体が揺れたのは、踏切のうえを徐行せずに走り抜けたためらしい。重い瞼《まぶた》の隙間《すきま》から京浜急行の車両が見えたとき、私はついさっき利用したばかりの品川駅どころかそれを通り越してまたぞろ海のほうへ近づいているのを知ったのである。夕刻の光を透かして「酒と食事」という手書きの看板を掲げた屋形船がうっすらと目に入る。天王洲橋から昭和橋を過ぎたあたりで自分の馬鹿《ばか》さかげんに呆《あき》れながらも、すぐに降りる気もしないのでそのままバスに運ばれていった。途中、これはもううろ覚えだが、あの人工的な女性の声で「夜間のお年寄りの事故が増えています、外に出るときはなるべく明るい色の服を着て、自分を目立たせるようにしましょう」といったアナウンスが入り、そういう文脈で「自分を目立たせる」なんて表現を使ったこの一節の起草者の特異な言語感覚にしびれつつゴルフの打ちっ放しを見守る青白い照明以外は真っ暗な道路をひた走り、ほどなくして鮫洲の陸運支局の名が告げられた瞬間、ひとむかし前、この近くの自動車教習所へ来た日のことがとつぜん思い出され、あわててボタンを押して肌寒い産業道路に飛び出したのだった。

運転免許を持たない人間にはどう考えても無縁な場所へなぜやってきたのかといえば、ミニカーやプラモデルの車が大好きでテレビのモータースポーツなども熱心に追っているくせに頑として免許をとろうとしない私を諭すように、将来仕事に必要なこともでてくるはずだから車の運転くらいできたほうがいいに決まってるわよ、ともかくいっしょに鮫洲へいきましょうと誘ってくれるひとがあったからだ。彼女の住まいがたまたま大森近辺にあって、免許をとるなら鮫洲がいちばん便利だというだけの話だったけれど、東京に住むのであれば車などかえって邪魔だとかつてもいまもそう信じている私は、免許をとったらすぐに車を買って屋根にスキーの板をくくりつけるのだと夢見心地の彼女にずいぶん醒《さ》めた応対をしていたのではあるまいか。そもそも寒い季節に寒い場所へ出かけるなんて生き物の本能にもとると考えていたから、鮫洲ではなくスキー場に誘われたとしても断っていただろう。しかし彼女の口から出てきたのは、いくらかでも男女の関係が進展しそうな雪山ではなく鮫洲だったのであり、私は私で、その地名に立ち止まらざるをえない、もうひとつの理由があったのである。

「ともかくも鮫洲へ行ってみよう」

一見関係なさそうなふたつの事件のつながりを読んだ半七が、子分の庄太にそんな台詞《せりふ》を吐いて金造という名の男を鮫洲に訪ねるのは岡本綺堂《きどう》の「大森の鶏」で、じつを言えば、私はその話が入っている『半七捕物帳』を読んだ直後に、彼女からほぼおなじ文句を聞かされたのだった。川崎の厄除《よ》け大師に詣《もう》でた帰り、見覚えのある中年の女性と小料理屋でいっしょになった半七は、店の庭で放し飼いにされていた雄鶏《おんどり》がその女性にいきなり襲いかかるのを目撃し、鶏と女になにか因縁があるのではないかと睨《にら》む。「畜生だからたれかれの見さかいなしに飛びかかった……。そう云《い》ってしまえば仔細《しさい》はねえが、畜生だって相当の料簡《りょうけん》がねえとは云えねえ。主人を救った犬もある。恨みのある奴《やつ》を突き殺した牛もある。あの鶏もあの女に何かの恨みがあるのかと、考えられねえ事もねえと思うが……」とつぶやく彼の直観がはたして推理の範疇《はんちゅう》に入るのかどうかは脇《わき》に置いて、襲われた女が鳥屋の女房だと決めつけるこの物語の強引さと「ともかくも鮫洲へ行ってみよう」のひとことが妙に生々しく、こんどは鶏に襲われるのではなく鮫に咬《か》まれるのではないかと期待して最後まで読み通したのである。だからその翌日か翌々日だったかに、ほとんどだしぬけという感じで鮫洲へ行きましょうと言われたとき、鳥屋に売られた鶏以上の因縁を感じないではいられなかったのだ。

いずれにせよ私は、岡本綺堂のせいで教習所に通う彼女のお供をする羽目になり、授業のあいだ鮫洲橋のあたりをぶらぶら歩き、陸運支局の横の土手で煙草《たばこ》を吸ったりして時間をつぶした。約束どおり待合い室へ迎えにいくと、これからどこかで食事をするはずだったのに彼女はもう動けないくらいお腹《なか》をすかせていて、入り口の脇にあった貧相な喫茶コーナーで、一種類しかないサンドイッチをつきあうことになった。きゅうりの嫌いな彼女はどんな店に入ってもかならずその夏野菜を抜いてくれと頼むくせがあり、まさかこんなところで言い出しはしないだろうという私の期待を裏切ってさびれた教習所のビュッフェでもやっぱり抜いてくださいと頼み、べつだんそれで私が赤面するいわれなどないのにへんに恥ずかしかったものだが、しかし彼女はどうやらこの軽食コーナーで何度もきゅうり抜きのサンドイッチを食べているらしく、なかで立ち働いている色黒の女性は短く返事をしただけで注文を復唱することもなしに冷蔵庫を開け、パンにすばやくマーガリンと芥子《からし》を塗り、あらかじめ仕込んでタッパウエアに入れてあるゆで卵とマヨネーズの和《あ》えものをそのうえに重ね、本来ならきゅうりが入るところを飛ばしてトマトのスライスをのせると、がりがり黒胡椒《こしよう》を挽《ひ》いて落とした。こうした手順がきちんとした流れをもって進められるかどうかは、雇い主の教育のみならず、働き手の意志と感性に負うところが大きい。地方美術館の喫茶部だとか、釣り堀の脇の売店であるとか、場所が寂しければ寂しいだけそれがはっきり現われてくる。二十歳の私は、山間部を走る高速道路のサービスエリアの喫茶コーナーで完璧《かんぺき》なサンドイッチと完璧な珈琲《コーヒー》を出すような仕事をしてみたいと夢見ることがあった。いや、中年に差しかかったいまでもまだそんな夢を捨て切れていないのかもしれない。長距離輸送のトラックと深夜に移動するわけありの乗用車を待ちながら、ぜったいに手を抜かない軽食を提供しつづけることで、なににたいしてかはわからないながら、そのわからないなにかに抵抗したい、というような。馬鹿ねえ、ときゅうり抜きサンドの女性は言ったものだ。それだって免許証がなければ勤め先にすら通えないじゃないの、高速バスでサービスエリアまでご出勤だなんて、あなたはそういうところが子どもなのよ、と。

私はすっかり日の落ちた舗道を陸運支局の塀づたいに歩き、鮫洲橋の手前で二階建ての駐車場にそっくりな教習所の聳《そび》える反対側へわたると、いまでもあのカウンターがあるかどうかを確かめるべく、蛍光灯が白々と輝いているお役所ふうの建物のドアを開けてなかに入ってみた。授業の時間待ちなのだろう、病院の待合い室みたいな空間で大きなテレビを見あげている人々の背中が、畑の畝《うね》のように連なっている。しかし十数年ぶりに訪れた建物にあのカウンターはもはやなかった。珈琲やジュースの自販機が数台と、いびつなアルミの灰皿のある小さなテーブルがならんでいるばかりで食べ物の影もない。なんとなく気持ちの整理がつかぬまま、いっそ終点の大井競馬場まで走ろうかという心のなかの声を断ち切って品川行きのバスを待つことにし、時間までそのがたついたテーブルで味のないインスタント珈琲を啜りながら、ポケットのなかでひしゃげていた煙草を喫《の》んでいた。あの日、鮫洲で顔を見られたとしたら、教習所の自販機の前でしかないはずだ。

あら、やっぱりそうだったの、と女将《おかみ》さんが小さく言った。まさかと思ったからお声はかけなかったけれど、このところお店を閉めた日は、鮫洲の教習所に通っているのよ。

言葉をなくして、私は彼女の笑みから目を離すことができなかった。

6

夜半を過ぎて降り出した大雨で配電盤に水でも入ったのか回線の調子がおかしくなり、自然復旧を待っていたのだがどうにも埒《らち》が明かないので近くの公衆電話から電話会社に修理を頼んだところ、様子を見にいけるのは夕方近くになる、何時になるかはわからないからずっと家に居てくれという。ずいぶん迷惑そうな口振りだった。雨が降ればたいていどこかで回線がおかしくなるのだからこちらは忙しいんだとでも言わんばかりの応対で、御迷惑をおかけしますのひとこともない。役所仕事の体質なのか、それに寄生して生き延びている下請け業者のいわれなき特権意識なのか、トラブルでガスや水道や電気や電話を相手にするたびに、私はしばらく

「公」の概念についてあれこれ思いめぐらすことになる。修理してあげるからそこで待っていなさい。なるほど、たしかに私はただ待っているほかなかった。どのみち午後に差し迫った仕事もなかったし、散歩に出るにはすこし肌寒かったので、誰に命じられるまでもなく本当は部屋でのんびりするつもりだったのである。

この建物の外壁はその辺に落ちている石をぶつければ簡単に穴が空いてしまいそうな波状のスレートで、すきま風どころか一陣の風がどおっと吹き抜けていくような情けない構造だが、私の借りている元製紙会社の事務所だけは密閉された空間になっていて、天候の影響はほとんどない。居住用でなかったところにあわてて内装を施した殺風景な造りなのでなまじっかな家具よりはむき出しの段ボールのほうがかえって落ちつき、書棚に入りきらない書籍類はみかん箱につめたままならべてある。問題の黒電話も、そんな色とりどりの箱に使い古しのシーツを被《かぶ》せた即席の台に置いてあった。好きにしてくれていいと言われていたこの電話は、当初想像していたように以前の間借り人から権利を買い取るのではなく、すでにそれを買い取っていた米倉さんから貸与してもらう恰好《かっこう》になっていて、米倉さんの名義のまま使用料だけ払えば手間は省けたはずなのだが、前のアパートでは建物の裏手に住んでいた管理人夫婦の電話で時代遅れもはなはだしい「呼び出し」にしてもらってさんざん迷惑を掛けていたし、不定期の翻訳の仕事にも連絡先は必要だったから、この機会に思いきって自分用の電話を確保しようと決意したのである。

というのはしかし口実にすぎなくて、じつのところ私は、黒電話を探していただけなのかもしれない。プッシュ回線が主流となって以来、黒電話は一部の役所の内線などを除いて着実に姿を消しているが、まるい穴に人差し指か中指を入れてじりじりとダイヤルを回していくあの感触や、急いでかけようとして穴から指を離すタイミングを逸した瞬間、存外強い力で引き戻される円盤に爪《つめ》をひっかけ、自転車を習いたてのころ踏みそこねたペダルが臑《すね》に当たったときみたいに理不尽なほどの痛みを覚えた記憶の喪失を嘆く人々がいるとしたら、まちがいなく私もそのひとりだった。けれども黒電話のレンタルなどもうとうの昔に終わっていたし、よほど珍しい型でなければ古道具屋で買うこともできない時代に入っていたので、自室に個人名義の電話を持たないのは反骨精神の現われにあらず、ただたんに黒電話を入手できなかっただけなのである。だから米倉さんの部屋であの黒曜石みたいな塊を見出《みいだ》したときには、はしゃぎこそしなかったものの、心の底では天にものぼる気持ちだったのだ。その愛機の調子が、今朝からどうもおかしいのである。所用があって受話器を取ったら発信音のかわりにがりがりと変な音が聞こえ、それでも番号を回すと「だってほらあ、サトコちゃんとこのでしょ」「そうだったかしら」「まちがいないわよ」といったおばさんたちの声が混線し、大切な商談をかき消してしまう。雨の影響なら心配はいらないが、本体の故障だとしたら平静ではいられない。電話会社は修理するふりをしてきっと味気ない新機種への買い換えを勧めてくるだろう。私にはボタンを押すことじたい馴染《なじ》めないし、かりにボタンにするとしたら、ひと呼吸のためらいもなしに呼出し音が鳴るプッシュ回線でなければ意味がないとも思うのだ。パルス式回線はダイヤル電話のためだけにあると信じたい。いずれにせよ、相手がいくら高飛車だと文句をつけたところで、不良箇所を診断して貰《もら》うよりほかに手はないのだった。

それにしても、私はなぜこうも待ってばかりいるのか。義務教育の拘束を離れて以後、私はなんだかずっと待ってばかりいたような気さえする。なにかの目的のために待つのではない。目を覚ました瞬間にその日なすべきことが決定していたためしがないのだ。見たところそれはずいぶん気楽で、暢気《のんき》で、悠長で、どことなく優雅な匂《にお》いもする生活だが、たとえば週に一度の教師業を強いられている日の朝であるとか、絶対に片づけなければならない仕事を抱えた朝などには身体《からだ》がたいへんに軽くリラックスした状態にあるという事実にかんがみれば、あらかじめ行動が決定されている場合の疲労度はむしろ心身ともに小さいと結論できるのではないか。決められた時間に、決められた相手と、決められた目標にむかって一歩一歩進んでいく作業の源は、漠然とした社会の総意のうちにある。誰が正しくて誰が悪いという判断を停止したまま時間の流れに乗ることが処世なのであり、生活能力を支える金銭との交換を考えればそれはそれで有意義なことだろうが、なすべきことを持たずに一日を迎え、目の前にたちふさがる不可視の塊である時間をつぶすために必要な熱量は、具体的ななにかを片づける場合よりはるかに大きい。いま私がひどく不機嫌になりかかっているのは、この目的のない純粋な暇つぶしという美しい行為がひとつの「待機状態」に貶《おとし》められようとしているからなのだった。

たとえば乗合バスが信号待ちでの発進をスムーズに行うべくエンジンを低速で空転させたままにしておくアイドリングは、完全に停止した場合よりも多くのエネルギーを必要としている。しかし間近な出発を控えて消費されているこの待機状態よりも、じつは完全静止に耐え抜く精神的エネルギーのそれのほうがはるかに高いのだ。なんの役にもたたない拱手《きょうしゅ》とは無縁の待機を「待つこと」の本質だとすれば、それこそ無為の極みなのであって、おなじ静止状態でも「待機」と「待つこと」の内実には天と地ほどの開きがある。私のいらだちは、電話会社の人間の到着にむけて「待機」している状態を「待つこと」に無理やり転換しようとする倫理から生じたねじれにあるといっていいのかもしれない。まったく予測のつかない声を待つこと。混線した黒電話のように、ともすれば回復不能になる危険と隣り合わせのまま「待つこと」への憧《あこが》れを捨てきれないからこそ、私の前には経済力と反比例して時間ばかりが堆積《たいせき》していくのだろう。わざわざタクシーに乗って借金を申し込みにいく百鬼園《ひゃっきえん》先生の顰《ひそ》みにならったわけではないにせよ、負のベクトルに向けて待つために行動を起こすというどこか間の抜けた暮らしが、どうやら身体の隅々まで染みついてしまっている。不測の事態とはいえ鮫洲くんだりまでバスで運ばれ、自動車教習所前で下車する些細《ささい》な冒険が、一線を超える飛躍になるどころか反対車線のバスを「待つ」という待機にしか結びつかないさもしさゆえに、しけた煙草《たばこ》を吸っているところを女将《おかみ》さんに目撃されたりするのだ。

ところで、王子近辺にもっと便の良い教習所があるのに、女将さんはなぜ鮫洲のような遠方まで通っているのか？　ある種の御婦人方が、大切な贈答品となると普段は見むきもしない三越やら和光やらで買うのとおなじで、命をも左右しかねない運転技術を習得するなら由緒《ゆいしょ》正しい教習所にすべきだとでも考えたのだろうか？事情を知らぬ私には途方もない損失のように思われもしたその距離には、だがきちんとした理由が用意されていた。もう引退している先代の女将さんの実家が鮫洲にあったのである。縁あって荒川線沿いに店を持つまで、先代は品川辺の、通いの旦《だん》那《な》とほがらかな心中未遂でも起こしたくなるような店に勤めていてつきあいも多く、教習所の関係者とも懇意にしていたのだという。営業報告と話し相手をかねた鮫洲詣《もうで》を利用して、先代の口利《き》きで空き時間にうまく入れてもらった授業の三度目の晩に、女将さんは私の姿を認めたのだった。あまりといえばあまりに奇妙な場所だし、車の運転なんぞ習うはずもなさそうな人間だから、どんなに似ているとはいえ別人だろうと彼女は思って素通りしたらしい。私のほうはいったいどこを見ていたのか、たしかに正面入り口から出ていったと言い張る彼女の姿などまるで視野に入っていなかった。

いつもとちがう席でお煙草吸ってらっしゃる横顔を見て、ああやっぱりそうだって確信したのよ、と珈琲《コーヒー》をおかわりしたときに彼女はそう話してくれたのだが、私は私で、なぜあんな場所に居たのか説明しなければならなくなっていくらか身体を固くし、仕事のあと美術館の常設展示を見た帰りにバスを乗りまちがえたまま寝入ってしまい、目を覚ましてあわてて飛び降りたらそこが陸運支局だったという、ひとによっては作り話としか受け取れないような真実を話すと、彼女はその説明でどうやら満足してくれたようだった。いや、満足したのではなく、客の私生活へ過度に深入りしない信条がそこから先の質問を許さなかったのだ。鮫洲にまつわる思い出を「かおり」のカウンターでふたたび引き寄せた私の目には、きゅうり抜きのサンドイッチを食べていた女性と女将さんの姿が二重写しになり、免許をとったからといってすぐさまスキーの板を車にくくりつけて遠出をするようなひとではなさそうだけれど、彼女の運転で高速道路のサービスエリアへ食事にいきましょうと誘われたらそれを拒むことができるだろうかと不埒な想《おも》いも一瞬胸をかすめ、そればかりか、正吉さんが八潮の団地を中心にした港湾地区に土地勘があると言っていたのは、先代の女将さんと関係があるのかもしれないなどと想像を逞《たくま》しくしていた。店名の由来を教えてくれたくらいであとは知らんぷりしているけれど、「かおり」の純毛珈琲が先代ゆずりで、現在の女将さんには喫茶店の経験がなかったからドリップのいろはもすべて先代から伝えられたことをも正吉さんは話してくれたではないか。わざわざ他の量産品より高価な秩父の水を使うようになったのも、彼の木挽《こび》き時代の交友関係がかかわっているのではないか。ときたま冗談めかして、俺は渡し船でこの町に来たから地に足がつかないのかもなと口にしていた正吉さんの、山ばかりでない水への親しみがあのすがすがしい鉱水に込められているような気さえしてくる。

真偽のほどはともかく、渡し船なんて言葉や、黒電話の元権利所有者が製紙会社の下請け業者だったという話を頭のなかでこねまわしていると、こういう曇天の、気ぶっせいな日には、物語の劈頭《へきとう》から尾久《おぐ》の渡しが登場し、おまけに王子の紙漉《かみす》きが登場する徳田秋声の『あらくれ』を連想せずにはいられなくて、じつは先刻から現代表記の文庫版を手にしているのだった。御当地小説とはいえ秋声を読んでいまの王子近辺に引っ越して来る人間などいるはずもなかろうし、製紙工場の煙突が聳《そび》え立っているわけでもないから、地縁はすでに薄くなっているだろう。ずっと以前、書店の棚ではじめてこの小説に触れたとき、これもまたタイトルだけで中を覗《のぞ》いたこともなかった『蟹《かに》工船』の隣にならんでいたせいで、私は現物に目を通すまで海の荒くれ者が血湧《わ》き肉躍る冒険を繰りひろげる海洋小説だとばかり信じていた。数年後に一読してようやく思い込みを修正するとともに、訪れたこともない「王子」の名を脳裡《のうり》に留めたのは、郷里の町から電車で遠出をした幼少時のひと齣《こま》が立ち返ってきたからである。何十分か乗ってやや退屈しだしたころ、上り電車の進行方向左手に、もくもくという擬音がぴったりの厚みのある煙を吐き出す工場の煙突が迫ってきて、亢奮《こうふん》した私が窓にへばりついていると、あれは王子製紙の工場だよと同乗していたひとに教えられ、煙突の陰からいまにも怪獣が出てきそうな恐怖を感じたのだった。

王子製紙が本州中央部のK市に工場を稼動《かどう》させたのは戦後十年ほどたってのことだから、秋声の小説とは時代も土地も結びつかないけれど、空一面を灰色に覆《おお》うお絵かきの見本になりそうな煙を現実に吐き出している工場が身近になかったことも あって製紙会社の名の印象はことさらに強く、『あらくれ』の主人公お島が七つの年に尾久の渡しをわたって里子に出された先が王子近辺の紙漉き業者だったというくだりを読んだときには、それがまだ見ぬ首都を舞台にした小説でありながら妙な懐《なつ》かしさを覚えた。縁あってこの町で暮らすようになってからは都電にばかり夢中になって、そんなむかしの記憶をすっかり忘れていたのである。なにかにつけて通念に刃向かう勝ち気な少女が、持ち前の気の張りを生かせぬ時代に生きていた不運と冒頭部の暗さに腰が引けていたのだろうか。

お島はその時、ひろびろした水のほとりへ出て来たように覚えている。それは尾久の渡しあたりでもあったろうか、のんどりした暗碧《あんぺき》なその水の面にはまだ真珠色の空の光がほのかに差していて、静かに漕《こ》いでゆくさびしい舟の影が一つ二つみえた。岸には波がだぶだぶと浸って、怪獣のような暗い木の影が、そこにゆらめいていた。お島の幼い心も、この静かな景色をながめているうちに、頭のうえから爪先《つまさき》まで、一種の畏怖《いふ》と安易とにうたれて、黙ってじっと父親のやせた手にすがっているのであった。

製紙工場の煤煙《ばいえん》からまだ着ぐるみとは知らぬ化け物を連想した少年時代にとらわ

れつつこうした一節を読み返してみると、余人にはなんの意味もないはずの「怪獣」の語に目を奪われる。母に疎《うと》まれたあげく、父に手を引かれて養家にやられようとする少女の眼に映る光景としては、あまりに暗示的ではないか。最後には誰にすがらざるをえなかったお島の行く末が、ここには明哲に描かれている。紙漉き場をもって細々と暮らしていた養家は、ある時期から急に羽振りがよくなり、世間ではそれに関してさまざまな臆説《おくせつ》が流れていた。旅に疲れた六部が一夜の宿を養家に乞《こ》い、思わぬ幸福が一家を見舞うだろうと言い残して旅立った数日の後、外に積んだ楮《かぞ》のなかから小判が大量に出てきたという養父母の言い分にたいし、人々の噂《うわさ》では、当夜、部屋で急死した六部の懐《ふところ》を探って金を横領したことになっていた。お島の紆《う》余曲折《よきよくせつ》を追っていると、その原点にあるべき挿話は後者の解釈だと思わざるをえないが、ひところは景気のよかった養家も最近はさほどでもなくなっている。

藪畳《やぶだたみ》を控えた広い平地にある紙漉場の葭簀《よしず》に、温かい日がさして、楮を浸すためになみなみとたたえられた水が生暖かくぬるんでいた。そこらには桜がもう咲きかけていた。板に張られた紙が沢山日に干されてあった。この商売も、この三四年近辺に製紙工場ができなどしてからは、早晩やめてしまうつもりで、養父はあまり身を入れぬようになった。今は職人の数も少なかった。

お島は詳細を知らぬまま、押しつけられた結婚に異を唱えて養家を飛び出していく。なにもなかった土地に大工場が誕生するわずか十年ほどのあいだの環境の変化は、現在と比較にならないほど過激なものだったはずだ。飛鳥山に紙の博物館が置かれているとおり、洋紙の発祥は、明治初期、堀船にできた王子製紙にあるわけで、歴史的にみてこのあたりはいまだ紙の在庫を抱えている貸倉庫がならんでいてもおかしくはない。もちろんいまの私には東洋紡の跡地にできたビール工場の方が重要だけれど、ぼんやり字面《じづら》を追っていると、お島の物語の、とりわけ前半部に出てくる王子の名に立ち止まりたくなる。

お島は「待つこと」のできない女だった。計画や失敗のなかにながく居座れず次々に手札を切り、切る瞬間の喜びに浸ったあとは堪《こら》え性《しょう》もなくさらに次の手札を切る。悪い手にも良い手にも安住できない彼女の振る舞いが、『あらくれ』の三分の二ほどの展開を気ぜわしいものに仕立てている。新聞の連載小説という拘束があったにせよ、お島の男にたいする見切りの速さ、行動を起こす際のいさぎよさが、あちこちに舞台を移動していくこの小説の展開を煽《あお》り、じめじめした社会の抑圧の臭《にお》いを巧みに中和している。逆に言えば、彼女は「待つこと」に要請される熱量をどこかで懼《おそ》れているようなのだ。けっして待たないお島の負けん気がすべての面で待機状態を強いられた明治の女性として稀有《けう》であることは首肯できるとしても、彼女には「積極的に待つ」という選択肢もあったのではないか。三度の結婚を繰り返し、いまは若い衆を抱えて裁縫の店を構えているお島は、物語の末尾で、いっとき兄の借金の肩代わりとして働かされていた山国の町の宿へ逃げるように走り、そこでかつて関係のあった旅館の主人の死を聞かされると、虚《むな》しさを紛らわすためさらに遠くの温泉宿へ向かう。ところが懐ぐあいも心配だし、女性ひとりの逗留《とうりゅう》で淋《さび》しくなり、出張中の夫には無断で、留守を頼んでいた店の者たちを呼び寄せる。その晩、彼女は、おそらくこの小説ではじめて真剣に「待つ」。

夜があけると、東京から人の来るので待たれた。そして怠屈な半日をいらいらして暮らしているうちに、やがて昼を大分過ぎてから二人は女中に案内されて、お島の着替えや、水菓子の入った籠《かご》などをさげて、どやどやと入って来た。部屋が急ににぎやかになった。「こんな時に、わたしも保養をしてやりましょうと思って。でも、一人じゃつまらないからね。」お島ははしゃいだような気持ちで、いつになく身ぎれいにして来た若い職人や、お島の放縦な調子におずおずしている順吉に話しかけた。

ここで「待たれた」時間は、夫を逃れて独立を夢見る彼女のあらたな人生の方針を明かすために充塡《じゅうてん》されてもいるのだが、それは相変わらず「いらいらして」やり過ごさなければならない目的のはっきりした待機であり、次なる行動への切実な準備以外ではなかった。そしてこの待機は、「待つこと」の恐るべき無為のエネルギーを、眼に見えるべつのエネルギーと等価交換することで成り立つ、彼女にとっては従来の前向きな急ぎ足となんら変わらぬ様態だったのである。幼いお島を持てあましていた実父が川に捨ててしまおうとすら思いつめてやってきた尾久の渡しのあたりで、彼女がもしあの「怪獣」のように薄気味の悪い樹影に立ち止まり、目的もなくいつまでもそこで「待つ」状態を維持できていたら、つまり得体の知れない闇《やみ》にたいする「一種の畏怖と安易」をその後も失わずにいたら、『あらくれ』の色調はかなり異なるものになっていたのではないか。

ひるがえってこの私が、闇ではないにしてもどこかしら黒光りする頭蓋骨《ずがいこつ》に似た古い電話機の前で投げやりな使者の訪れを待っているのも、ひとつの待機なのだろうか。これは「怠屈な半日」を潰《つぶ》せないほどの痛苦なのだろうか。否《いな》、と私は心のなかで訴える。退屈さに耐えることでなにか利益を得たり、そこに蓄積した時間をべつの領野へ切り売りするような愚は犯さず、完全に無益で無為な、充溢《じゅういつ》した時間のなかに身を置いているのだと信じていたい。正吉さんは富山の安宿で友人の妻と赤子をかくまいながら、たぶんどこからも流れてこないだろうと承知の送金を待った。私は鮫洲の教習所で知り合いの女性の授業が終わるのを待ち、その十年後、おなじ場所で、事故や渋滞で間引きされないかぎりやってくるはずのバスを待った。来ないものを待つことと、かならず来るものを待つことに差異があるとしたら、器の小さいのはあきらかに後者だろう。待っても詮無《せんな》いものを待つことにこそ意義があるのだから。

ならば酔い醒《ざ》ましの散歩みたいに姿を消して、いつ戻ってくるのかわからない正吉さんを待つことは、どちらに属するのだろうか。私は『あらくれ』を読み終えて受話器を取り、耳に押しあてる。ダイヤルを回すまでもなく、聞こえてくるのはまたあの耳障《みみざわ》りな雑音ばかりだ。もはや陽は落ちかかっているのに、電話会社の男はいまだ姿を現わさない。

7

予想外にはやく翻訳の謝礼が振り込まれたので、日曜日の午後、調子をとりもどした黒電話であらかじめ連絡を入れて、開店休業状態だという筧さんの店へ『残菊抄』の支払いに出かけた。懐《ふところ》があたたかくなると電柱ばかり空に映える周囲の景色までやわらかく見えてくるのだから、心のありようなんてじつにいい加減なものだ。風もなく日差しも強くないからりとした秋晴れの、散歩にはうってつけの日和《ひより》だったし、遅い朝は珈琲《コーヒー》しか飲んでいなかったので、どこかで腹を満たすべく電車道沿いを小台《おだい》のほうへ歩いていくと、遊園地へ通じる参道みたいな舗装道路から胃の腑《ふ》を刺激する香ばしいソースの香りが漂ってきて否《いや》も応《おう》もなく惹《ひ》きつけられた。平日は閉じていることの多いもんじゃ焼きの店が、引き戸を開け放した野暮ったいオープンテラスに変貌《へんぼう》し、ささやかな行楽にやってきた家族連れで賑《にぎ》わっているのだ。ちらりと中を覗《のぞ》いてみると、角のテーブルがひとつ空いている。私は迷った。鉄板を囲む店にひとりで入るのはいかにも無粋だし、こういう場所は誰か相手がいなければかえって落ちつかない。やっぱりもうすこし先の中華料理屋で済まそうかとあきらめかかったそのとき、なんという幸運か、カモシカのようにしなやかな脚を見覚えのある上下真っ白なジャージに包んだ咲ちゃんが、電車道のむこうから黙々とランニングをしてこちらにやって来るではないか。

呼び止めるまでもなくかなり手前で私を認めた咲ちゃんは、両腕を小刻みに振りつづけながら腰のあたりに作ったげんこつをぴょこんと立ててこんちはと息も乱さずに言い、自主トレなんだと恥ずかしそうに笑う。節制第一の自主トレと聞いておおいに罪悪感を抱きつつ、突然で申し訳ないけど、もしお腹《なか》が空《す》いてたらいっしょにもんじゃ焼き食べてくれないかなと頼んでみたところ、もちろん奢《おご》りだという言葉を最後まで聞かずにランニングの延長のような滑らかさでさっさと店の奥に入っていき、おばちゃん、おばちゃん、このひとわたしの先生！　座るね、とほがらかに申告した。あらあらと驚く店の女主人の表情を窺《うかが》うかぎり、咲ちゃんはここの常連らしい。いつも部活の女の子と来てるから、男のひとといっしょだなんて説明がいるでしょ、あっは、と咲ちゃんは美しい歯を見せ、誘われた以上は好きなものを頼まざるをえないよねとへんな言い回しを使ってイカやら豚肉やらがぜんぶ入った《スペシャル遊園地もんじゃ》をふたつ注文し、ソースの混ぜ方が決め手なのよ、カレーより得意だから任せてねと一人前の口をきいた。

鉄板が温まるとすぐさま手慣れた順序で細腕を動かしはじめ、私が二杯目のビールを飲み終わらぬうちに、シャカシャカと音をたてながらあっというまにどろんとしたうどん粉のだまみたいな食べ物を焼きあげて皿に盛りつけてくれる。ショートカットにした咲ちゃんの小作りな顔を食卓の電灯の下ではなく明るい昼の光のもとで見てみると、戸外を走っているとは思えない肌の白さに驚かされる。それにしても自主トレとはかくも安易に中断できるものなのだろうか。咲ちゃんは父親とは似ても似つかぬ立派な歯をきらめかせて鉄の箆《へら》にこびりついたおこげを独占し、日曜のこんな時間に走ることはあんまりないんだけど、文化祭の話し合いがうまくいかなくて学活も嫌な雰囲気だし、陸上の大会も近づいているからちょっとむしゃくしゃしてるんだ、と口をつけた箆ですくいあげた具をときどきこちらに投げて寄こしては、自分の取り分もどんどん平らげていく。

私は彼女の食べっぷりに刮目《かつもく》しながら、「ガッカツ」だの「タイカイ」だの「ダンシ」だの、とうのむかしに忘れてしまった言葉の響きに妙なノスタルジーを感じていた。月極《つきぎめ》家庭教師の私にまだつながりがあるのは、せいぜい「実力試験」を意味する「ジツリョク」くらいのものだ。そこでふいに、課題文にタイトルを付けろという、安岡章太郎の「サアカスの馬」を用いた先日の宿題を思い出して結果をたずねてみたら、クラスで「馬」の一語を使わない題名を考えた三名のうちに入ったのよ、銅メダル確実！　と頓珍漢《とんちんかん》な喜び方をして薄い胸を張る。咲ちゃん自身の答案は「靖国神社のお祭り」だった。なるほど、それがなんとなく変に聞こえるのはたぶん私が表題を知っているからにすぎず、まっさらな状態であの短篇を読んだとしたら、彼女の答えがあやまりだなどと断言はできなかっただろう。栄《は》えある三つの答案のうち、ひとりは「窓の外の眺め」、もうひとりは「劣等生」だったそうで、これらについてもまことにそのとおりというべきほかなく、文学作品の表題とはなんなのか、それを考えるともんじゃ焼き以上に頭のなかがぐちゃぐちゃしてくるのだった。おまけに「馬」の一語を入れた大多数の生徒のなかに、馬の毛は赤茶色だと説明があるにもかかわらず、「サーカスの白い馬」と書いて笑われた「ダンシ」生徒もいたらしい。しかしあの曲乗りの馬が何毛だったのか、スーラ描くところのサーカスの馬の色を正確に指摘できないのとおなじで、私にはもう判然としなくなっていた。

でも「サーカスの白い馬」って悪くないよ、小学生のとき好きだった『スーホの白い馬』に似てるもん。カロリーを抑えるためコーラだけは我慢して熱いお茶を啜《すす》る咲ちゃんの口から漏れたそのタイトルが、私を見開きの大型絵本にひろがるモンゴルの大草原へと連れ去った。嗚呼《ああ》、『スーホの白い馬』。赤羽末吉の雄渾《ゆうこん》な絵に見とれていた少年時代はどこに消えてしまったのだろう。モンゴルを一度も訪ねたことのない日本人にとって、その典型的なイメージは、真っ赤な民族衣装に身をつつんだスーホが白馬にまたがって走るあの絵本に描かれた横長の地平線ではないだろうか。咲ちゃんはこの物語を、小学校の図書館で司書の先生に読んでもらったのだそうだが、優れた絵本の賞味期限は本当にながい。でもどうして宿題のプリントを読んでたとき思い出さなかったのかなあ、そのダンシの答えに笑ってる最中に「スーホの白い馬」ってタイトルがぱっと頭に浮かんだの、と咲ちゃんは不思議がった。

スーホはモンゴルの草原に住む、歌の上手な羊飼いの少年だ。祖母とふたりきりの貧しい暮らしで、早朝から羊を追い、大人顔負けの働きをする。ある日スーホは、生まれたばかりの白い仔馬《こうま》を抱いて放牧から帰ってきた。親馬と離れて倒れていたので、狼《おおかみ》にやられないよう連れてきたのだという。仔馬は大切に育てられ、その輝くような白い肢体は誰もが賞賛するところとなった。数年後の春、草原一帯を統治する王様が、町で競馬を開催し、一着に入った者を王女と結婚させるとの噂《うわさ》が流れてきた。スーホは仲間たちの勧めで白い馬を駆って参加し、みごと優勝するのだが、王様は、白馬の乗り手が貧しい羊飼いだと知るや約束を翻《ひるがえ》し、金をやるから馬を置いて帰れと命じた。それに逆らったスーホは家来たちからさんざん殴られてやっとのことで逃げ帰り、かたや王様は手に入れた名馬を見せびらかすため、大勢の客人を招いた宴席で乗りまわそうとする。ところが逆に振り落とされてしまった王様は、腹をたてたあげく、駆けだした馬にむかって家来に弓を引かせたのだった。白馬は矢がどんなにささっても走りつづけ、スーホの家の前で息絶える。打ちひしがれるスーホの夢枕《ゆめまくら》に現われた白馬は、悲しむかわりに、わたしの骨や皮や筋をつかって楽器を作ってください、そうすればいつまでも、歌の上手なあなたの近くにいられますと語る。スーホは夢から覚めると、ただちに言葉どおり楽器を組み立てた。これがモンゴルの伝統的な弦楽器、あの馬頭琴になったのだという。

記憶のなかのストーリーをふたりでつきあわせているうち咲ちゃんは涙ぐみ、私は私で、物語の内容よりもその涙に感動したのか、白いジャージを着て走っていた咲ちゃんを夕焼け空の草原を疾駆するその馬に重ねる始末だった。どうして日曜日のこんな時間にもんじゃ焼き食べて泣かなくちゃならないのかなあ、みんなあの宿題が悪いよ。彼女は泣き笑いの顔をごまかすみたいに細い顎《あご》の先を使って、そのイカ食べないんだったらわたしにちょうだい、と洟《はな》をする。すぐに店を出るような雰囲気ではなかったし、わが教え子はなおも腹を空かせているようだったので、私は野菜たっぷりのものをもう一人前追加して言葉を継いだ。

スーホの馬の話で思い出したことがあるんだ、咲ちゃんにはつまらないかもしれないけれど、いま話しておきたくなった。本当の馬の話なんだよ。いいかな？

うん、いいよ、と咲ちゃんは応《こた》えた。今日はもうなんだか練習っていう感じじゃなくなっちゃったから。

咲ちゃんの陸上競技会があるという秋のスポーツシーズンは、私のなかではつねに今日のような日曜日の午後の、現実の光景ではなくブラウン管のなかの映像とふかく結びついている。プロ野球日本シリーズの第七戦。日本オープンゴルフの最終日最終組の十八番ホール。菊花賞から有馬記念にかけての、クラッシック・レースの第四コーナー。鮮烈な印象を残している場面は、いつも茜色《あかねいろ》の背景のなかにあった。ところどころ地肌が見えている芝ぜんたいにうっすらと紅が差し、それがやがて濃い朱色の光線を照り返すまでになるこの時期が私のシーズンなのだ。もうかつてのようなたかぶりを感じることがなくなったいまでも、大レースにともなう気候の変化が身体《からだ》に染み込むふうだった記憶が、ひとつの季節の訪れとその終焉《しゅうえん》を告げる。四歳馬が本当に力をつけてきた状態でぶつかりあう菊花賞では、右まわりの京都競馬場を映し出すテレビ画面の右から左へ、つまり外埒《そとらち》から内埒のほうへ細くのびた影を追いかけるように馬たちは走る。忘れられないレースがいくつもこの影のなかで繰りひろげられているが、もっとも鮮明に覚えているものをひとつ挙げるとするなら、一九七六年、つまり昭和五十一年の第三十七回だろう。私は高配当の単勝を当てた金で、欲しかったデンオンのプリメインアンプを買ったのだ。一着、グリーングラス。

緑の芝生だね！　と咲ちゃんが英語学習の成果を示し、私はそれに威厳をもって応える。そう、緑の芝生。緑色のマスクをかぶった黒光りする鉄砲玉。トウショウボーイ、テンポイントの単勝を揃《そろ》え、あとはいちばん名前のすがすがしい馬を選んだだけで、当てたのは運以外のなにものでもない。どうしても勝てなかったトウショウボーイを直線中央で一瞬にして抜き去り、勢いあまって外へよれながらも鼻に立ってゴールを目指していたテンポイントの内々から、四肢をほとんど馬場と平行に伸ばし、まるで赤羽末吉描くスーホの馬のごとく飛んできたのがグリーングラスだった。このレースを境に、当時ＴＴＧと略された三強の闘いがはじまったのだが、私が咲ちゃんに話したかったのは直線でとらえられても必死で差し返そうとする闘志満々のトウショウボーイでも緑の芝を味方につけたグリーングラスでもなく、四歳時に栄光の夕陽を浴び損ねたテンポイントのほうである。

ストライキでレースが延期され、中山から東京に舞台も移動した皐月《さつき》賞でトウショウボーイに土をつけられるまで、内容にばらつきはあっても五戦して負け知らずだったテンポイントは、あのころ明らかに優勢だった関東馬に対抗できる関西期待の新星としてずいぶん騒がれたものだった。笠松と中京で馬を覚える人間は、どちらかと言えば関西の文化圏に近いこともあって、栗毛《くりげ》で線が細く、顔面に真っ白な美しい流星がながれている端正な容姿となかなか重賞に勝てない運のなさ、さらには出生のドラマがあいまって、まるで貴種流離譚《たん》を具現するかのごとき《貴公子》の名を与えられたこの馬に肩入れしていたように思う。たいていは視聴者やファンを無意味に煽《あお》るだけのそんなキャッチフレーズに説得力があったのは、テンポイントの血がじっさいに大きな曲折の歴史を抱えていたからで、この馬のたどった生涯は、熱心な競馬ファンではない一般人にサラブレッドにおける血統の意味をつよく意識させた最初の事例だったのではあるまいか。

テンポイントの祖母クモワカは、昭和二十七年、五歳のとき、伝染性貧血症と診断された。獣医の見立てにまちがいがなければ、競走馬としてのみならず生き物としての彼女の命は、ここで強制的に断ち切られなければならない。つまり毒殺されるよりほかないとの宣告だったのである。だがクモワカの関係者はこの診断を不服とし、処分を逃れるべくひそかに本拠地の京都を離れて、交通や通信手段の発達した現在ならぜったい不可能なはずの逃避行に走り、四年近くも各地を渡り歩いた末に、昭和三十年、北海道の吉田牧場へ流れ着いた。いったいどこでどうやって過ごしていたのか、どのような手段を講じて潜伏し、なかんずくどのように津軽海峡を越えたのか。飛行機など気楽に使えなかった時代、海を渡るには船でしかありえないし、そのためには検疫《けんえき》をパスしなければならなかったはずなのだが、この間の経緯は謎《なぞ》に包まれている。少なくとも私が手にしたスポーツ新聞や雑誌の記述では、いつもその種の表現が使われていた。ともあれクモワカを愛し、診断に異議をとなえた人々は裁判に訴えて闘いつづけた。クモワカ自身の戦歴は、三十二戦十一勝。桜花賞二着を除けば抜群の戦績というわけでもなかったのだから、馬主の純粋な愛情のなせるわざだったのだろう。クモワカは血統登録書から抹消され、何頭かの仔を産んだが、繁殖登録は許可されなかった。ある意味で、これは安楽死よりもつらい仕打ちである。牡馬《ぼば》であれ牝馬《ひんば》であれ、血を残すことができなければ、サラブレッドとしては不完全なのだ。

執念が実ってついに裁判で勝利を収め、クモワカの産駒《さんく》にようやく出走権が与えられるのは、じつに昭和三十八年夏、登録抹消から十年後のことであり、記念すべき復活の年に生まれた娘のワカクモは、母親の屈辱を晴らすようにみごと昭和四十一年の桜花賞を制し、小倉記念にも勝って、奇跡的に救われた母の命を自分自身の息子に伝える。それが、テンポイントだった。一説によれば新聞の十ポイント活字で報じられるような馬になれとの願いが込められていたとも、そろって十一勝をあげた祖母や母に劣らぬ成績をあげられるよう念じて命名されたとも言われていることの馬の、母子《おやこ》三代にわたる演歌さながらの筋書きを何度読まされたことだろう。正直なところ、私はかくべつテンポイントのファンではなかった。いつか正吉さんと飲んだ晩にも思い返したことだが、見ていて胸をときめかせたのはエリモジョージやキタノカチドキみたいに気まぐれな馬ばかりで、いつも二番手の位置取りから優等生的な試合はこびをし、抜群の切れ味というわけでもないのに結果を出すこの馬に、いったいどんなぐあいに肩入れしていったのか、あまりはっきりとは覚えていない。トウショウボーイの二着に甘んじた四歳時の有馬記念のあと、翌春の天皇賞に勝ってようやく重賞馬となったにもかかわらず、テンポイントは宝塚記念でまたしても破れ、結局、あの途方もないマッチレースとなった五歳時の有馬記念で宿敵を振りきるまで、どこかでいつも、聡明《そうめい》さと謙虚さに表裏する独特の鈍さが拭《ぬぐ》えなかった。

皮肉なことに、テンポイントが本当に美しく、強い馬だと確信したのは、海外遠征の話が本格化しはじめた年明け昭和五十三年一月下旬の、小雪の舞うあの日経新春杯のことだ。このレースには贔屓《ひいき》のエリモジョージが出ていたのだが騎乗は福永洋一ではなく、だからというわけではないけれどもスタート直後に鼻に立つ鋭さを欠いて出だしから私を落胆させた。しかしそれを差し引いても、かなりのハンデを背負ってなお稀代《きたい》の先行馬に前をいかせないテンポイントの膂力《りょりょく》と瞬発力、そして首を低く下げ、みずからが切り裂く風に雪を吹き飛ばしてスタンド前の直線を疾走するフォームは、どんなに意地悪な見方をしても完璧《かんぺき》というほかなかった。真の勝負は、このホーム・ストレートの順位でもう決していたと言えるだろう。だが気温の低さと過度な斤量《きんりょう》、そしておそらくは有馬記念の激闘から来る疲労の蓄積が、四コーナーで彼の左後肢を砕いた。記憶のなかのテレビ画面は、愛馬の故障を確認しようとする騎手の姿と三本脚になったテンポイントをとらえたまま直線の入り口で停止している。どんな馬が一着に入ったのかまったく覚えていなくて、馬群からどんどん遅れていくテンポイントの左側の内埒だけが雪よりも白く映えていた。

それでどうなったの？　不安げに訊《たず》ねる咲ちゃんに、私は言った。

サラブレッドが重度の骨折をした場合、たいてい安楽死の処置がとられるんだよ。彼女はしばし箸《はし》を宙に浮かせて、黙り込んだ。

要するに祖母が逃れた運命を、いきなり引き継げと命じられたようなものだった。名馬の事故に報道機関は沸き立ち、窮極の処分を避けるために獣医が数十人もあつまって大手術が敢行され、予後のケアにも万全の態勢が敷かれた。政界の大物か偉大な映画スターでも、これだけの規模の医師団が組織されたことはなかっただろう。競走馬としての復活は無理でも、種牡馬として残すことができればそれでいい。彼は英国の名馬ネヴァーセイダイの血を受け継いでもいたからである。しかし巨体を支える三本の脚に負担がかかって徐々に体力を奪われ、そのとき覚えた単語だが蹄《てい》葉炎《ようえん》も悪化して、一ヵ月半後、事態はほぼ絶望的となった。新聞には連日励ましの手紙を呼びかける囲み広告が掲載され、厩舎《きゅうしゃ》の連絡先が記されていたので、私も「回復を祈っています」とだけ書いた官製はがきを送った。

馬にお見舞いの手紙書いたんだ！　と目を丸くする咲ちゃんの口調にもちろん棘《とげ》などなかったけれど、アイドル歌手にも女優にも作家にも手紙なんぞ書いたことがない私の、名の知れた社会的存在にしたためた唯一無二《ゆいいつむに》の私信が文字の読めない馬に宛《あ》てたものであったとは考えてみればいかにも情けない話である。手紙の効き目はなかったんでしょ？　と諦《あきら》めたように念押しする彼女に軽くうなずいて、でも、と私は努めて明るく言った。むかしハリウッドの大スターにファンレターを書くと、サイン入りのブロマイドが送られてきたって話を聞いたことあるかな？　テンポイントがついに力尽きたのは三月初旬だったけれど、それからしばらくして馬主、調教師、騎手、厩務員連名の書状に添えて、「在りし日のテンポイント号」と金箔《きんぱく》の押された大判の遺影が贈られてきたんだよ。

　その手紙には、報道関係者をシャットアウトした闘病中の対応を難ずる声への釈明のほかテンポイントの埋葬先が記され、もう具体的な言葉は覚えていないが、時代を超越した志摩直人の不可思議な語感の、二つ折りの厚紙に印刷された追悼詩が入っていたはずである。別れ際《ぎわ》に咲ちゃんはふーっとひとつ溜息《ためいき》をつき、へんな話になっちゃったね、あんまり関係ないけどあたしも怪我《けが》しないように頑張らなくちゃ、どうもごちそうさまでしたとへんにあらたまり、いま食べたぶんはまた夜に走って消化するから安心してねと言うものだから、女の子に夜は物騒だし、それより英語の勉強をしなさいと教師の口調で私は応えた。

昼間のビールがきいたのか、弓を射られたわけでもないのにおぼつかない足どりで遊園地の裏手の路地を小台橋まで歩き、ヤマサの醬油《しょうゆ》や宇部セメントのタンクを見ながらながいこと川風にあたって酔いを覚まし、さらに二十分ほどぶらついてから筧さんの店へ顔を出した。代金なんて焦《あせ》らなくてもよかったのにと言いながらきちんと領収書を出してくれる筧さんの脇《わき》の棚に紐《ひも》で吊《つる》された小型の短波ラジオからは、タクシーの無線みたいにくぐもった競馬中継が流れている。重賞のトライアルにもならない地方のレースのようだ。それにしてもこの季節に『残菊抄』だなんて、菊花賞の出走権がない馬の物語みたいですなあと筧さんは暢気《のんき》なことを言う。自然な流れでテンポイントのブロマイドの話をしてみると、その廐舎からの手紙や馬の遺影はまだ持ってるんですか、封筒もあるんですね、と筧さんはいきなり厳しい古籍商の顔になり、いやなに、そういうの好きそうな客がいるんですよ、打診して高く売れそうだったらわたしが買い取ります、そのときはお願いしますよ、と頭を下げるのだった。

8

翌週、筧さんからとても冗談とは思われない口調で暗示をかけられた、例のテンポイントの世話人の礼状の入っているとおぼしき文箱を四苦八苦して探し出し、想像していたよりずっと黄ばみの激しいその手紙を、アルバイト先の控え室に置かれている、なにを写しても青焼きみたいになってしまう旧式のコピー機で複写したあと、私は新宿のデパートの地下に立ち寄って正吉さんのとおなじ銘柄のカステラを買った。大きさがちがっていたらまずいなとしばし迷いが生じ、女将《おかみ》さんに電話で確認しようとしたものの番号など控えていなかったし、なにしろまだ午後の三時すぎだったから店が開いているはずもなく、客が手に取りやすいようガラスケースのうえにたくさん積まれているいちばん安価なものでないことだけははっきりしていたので、あとで面倒が起きないよう思い切って大きめの箱を包んでもらった。ところが、カステラの袋をぶら下げてホームに向かおうとしたとき、運悪く催事場で古書展が開かれているのに気づいたのである。いったい平日の昼ひなかの、しかも駅からすこしばかり歩かなくてはならない不便なデパートの陰気くさい空間になぜこんなに大勢の人間がいるのだろうと訝《いぶか》しくなるほどのひとの群れにまぎれると、間の抜けたカステラの袋も貴重な戦利品をつめる助《すけ》っ人《と》になりうるはずだと積極的になり、私は錐体《すいたい》のクリスタルの飾りがじゃらじゃらと両側にさがっているエスカレーターをのぼって、紳士靴の叩《たた》き売りの棚の脇《わき》からはじまる催しに足を伸ばした。

全国から集まった店舗《てんぽ》がそれぞれの得意分野を生かして棚を埋めている他階よりも天井の低いフロアには、ビニールを嫌う筧さんの店とは明らかに異なる空気が流れていて、臨時書架の迷路を折れ曲がりながら進むその角ごとに灯油に似た臭《にお》いが鼻をついた。中年男性が髪になでつけたローションのせいだったのかもしれない。ともあれ人工的なその臭いが、つい先刻まで私を幸福の絶頂に陥《おとしい》れていた地下食料品売り場の揚げ物や煮物の記憶に慈悲もなく上書きされていくのだった。時間と記憶のカスバ。だが好き放題にさまようわけにもいかないのが私の悲しい習性であって、つね日ごろから親しんでいる本の形状や背表紙の色が、雑踏のなかから送ってくる無言の合図を無視することはできなかった。どんなに多くの選択肢があっても、射止めるべき品はまっすぐにこちらの視界に入ってくる。際限なく増大しそうな欲望を抑えて、カステラの袋を右に左に持ち替えながら、小一時間後、私は数冊の本を選び出した。財布の中身と相談し、生活の成り立ちぐあいを慎重に計量したうえで選んだのは、このところずっと気にかかっている島村利正の『清流譜』だった。

覚さんに出物を頼んでおきながらべつの場所で買ってしまうことに後ろめたさを感じつつ、こんなときよく隠れ家のように利用する大通り沿いの珈琲《コーヒー》店で、私は島村利正の筆を追った。頁《ページ》をひもとけば岩清水のような文章が、都塵《とじん》にまみれた肺をたちまち浄《きよ》めてくれる。このひとの行文から漂ってくる気韻に似たものはいったいなんだろうと先日来考えつづけていたのだが、恩師瀧井孝作の『全集』に月報として書きつづったこの『清流譜』を読み進めているうち、ああ、これは檜《ひのき》の香りだな、と思い到った。製材して大工が丹念に鉋《かんな》がけをした木の香り。つんと鼻を刺激するが松のようには胸にまとわりつかず、杉のような酸味もない、水に強い檜の香りだ。正吉さんを想《おも》うときにも、青光りする龍の昇っていく山の彼方《かなた》によく手入れされた樹脂の匂《にお》いの立ちこめた林が浮かんでくるのだが、河東碧梧桐《かわひがしへきごとう》の薫陶《くんとう》を受けた俳人瀧井孝作の散文を丹念に読み返し、その人格ともども深い影響を受けた島村は、考えてみれば垂直に水の落ちかかる滝と平らかな面を崩さない井戸の水とを抱き合わせたいかにも山国らしい恩師の名を、つねに「瀧井さん」という敬意に満ちたやわらかい呼びかけで記すことで、それをこの文学者の修行ぶりと対比させているのかもしれない。「昭和十三年から今日までの十年間は、短篇小説六篇で百五十枚位と随筆十二三篇で百五十枚位と、合計三百枚位で、一年に平均三十枚位しか、書いてゐません」と述べる瀧井の仕事は、いったいどれほどの厳しさであったろうか。なにしろ昭和十三年に書いた「故郷」三十枚と「父祖の形見」三十六枚の二篇、あわせて六十六枚におよそ五カ月を要しているのだ。

島村が引いている瀧井の文章をさらに孫引きしてみれば、「材料にヂカに迫って大写しのやうに表現したいと念《おも》ひ、また、レオナルド・ダ・ヴィンチの素描の線の味に似た明確な写実と念つたりして、机にカジリついて、力をこめてゐて、徹夜して朝になると、食事に歯が浮いて、物が嚙《か》めないやうな事もありました。仕事に骨が折れて、この為《ため》、机に向ふと、何か恐怖を感じる風になつたりしました」とある。歯が浮いて物が嚙めなくなるほどの集中力に支えられた精神の営みをいったん戦乱の世に中断され、ようやく「明確な写実」を手に入れるのは、昭和二十七年に『松島秋色』を発表したときのことで、瀧井はそれを「風景小説」と名づけるのだが、筋書きのない小説をめぐる俳人にして作家の想いが弟子——師の作品のタイトルを踏襲したのだろうか、秩父山系の町を舞台に繰りひろげられる恋愛劇を『秩父愁色』と題した弟子——の声を介して伝えられたとたん、私はふっと紙面から顔をあげてしばし視線を休ませ、立地は悪くないのに煤《すす》ぼけた場末を思わせる映画館わきの停留所にとまったバスの乗降客のあわただしい動きを眼で追い、本当にあわただしいのは、じつは一刻もはやく出発したいらしい運転手のほうで、客たちはむしろ、はい出ますよお、信号が変わりますからドア閉めまあす、あとからすぐ来ますからそちらを利用してくださあいと感情のこもらない平坦《へいたん》なマイクの声に押されて仕方なく急いでいる風にも見えるなあとあらぬ方向へ邪念を走らせ、一方でそのせわしなさを引き留めるバス生来の鈍さに瀧井孝作の言葉を重ねて、なんともいいようのない感動に襲われていた。

……戦後になつて、大方の小説は、みだれた風俗や情痴のものばかりが多く出て、また余りに小説らしい小説ばかりが流行して、僕はさういふものに隔りたい心持もあつて、山水風景の清新なものが好きな所から、何か新しい風変りの、小説らしくない小説といふものを書きたい念願で、風景ばかりの小説は書けないものかしらと考へた。絵の方では、〝風景画〟といふものがあるから、風景ばかりの小説も成立つのではないかと考へた。これまでは、小説の中の風景描写は、大方副物に見えたが、副物でない、風景を主にした小説を書いてみたいと思つた。……

こんな物言いであたりから色を静かに消していくような書き手を師と仰ぎ、その業績を追う島村利正の端正な本を色鮮やかな袋につっこんできたとは、なんという冒瀆《ぼうとく》だろう。もちろん創作観の開陳とその実践はべつの問題だし、『松島秋色』がいくら風景小説の傑作だと評されても、私にはおぼろげな印象しかない。題名に覚えがあるということは、なにかと抱き合わせになった本で眼を通しているのかもしれないのだが、瀧井孝作の文章で心に残っているのは松島の風景ではなく、「何々で。」「何々だが。」というぶつぎりの文末の面白さだったから、彼の精髄がこの風景を主人公とした小説にあるのか否《いな》かを判断するのは無理な相談なのだ。にもかかわらず、ここには、書きたくないものは書かないし、また書けないものは書けないという、器用貧乏の逆をいくすがすがしさがあって、それをあの海坊主《うみぼうず》みたいなシルエットに重ね合わせてみると、どこかで見たような顔ができあがった。佐竹の爺《じい》さんでも米倉さんでも正吉さんでもないけれど、時どきその横顔に接している人物。さていったい誰だろう。頭に毛がないからといって、それをすぐ覚さんに結びつけてはやっぱり申し訳がたたない。

そういえば、覚さんのところで買わせてもらった『殘菊抄』について、『清流譜』に興味深い逸話が披露されていた。戦争中、繊維の統制機関につとめながら、小山書店という本屋から出ていた文芸雑誌「八雲」のために、島村利正は七十枚の短篇「殘菊抄」を書きあげる。できあがった作品にまず瀧井孝作が目を通し、さらに川端康成が読み、最後に志賀直哉が読んでくれたという。一番手の瀧井は美しい作品だと褒めてくれたものの、その小説は結局掲載に到らず、そればかりか酒に酔った編集者が電車のなかで原稿を紛失してしまったらしい。だがこの紛失事件のおかげで、島村は戦後に構想をあらためて幻の作品を書き直し、「それがまた、瀧井さんに褒められて、芥川賞の候補にもなり、三笠書房から出た最初の小説集の題名にもなった」のでかえってよかった、と控えめに述懐している。

この箇所にさしかかったとき、私はしばらく眼を休め、なんとはなしに職場でコピーしてきたテンポイント逝去の報《しら》せを取り出して、ゆっくり読み返してみた。

テンポイント号儀、一月二十二日京都競馬場に於《お》いて骨折事故を起し闘病生活に入りまして以来四十三日間、親身にも及ばぬ温い激励、御見舞の詞《ことば》、金品等をたくさん頂戴《ちょうだい》し身にあまる御親切に厚く厚く御礼申上げます。闘病中同馬の病状経過、見通し等中間報告させていただこうと再三計画を樹《た》てましたが病状が必ずしも安定せず今日迄遷延《までせんえん》しました事衷心より御詫《おわ》び申上げます。御承知の通り遺体は生まれ故郷北海道吉田牧場（千歳《ちとせ》空港よりタクシーにて約十五分）桔梗《ききょう》の森に埋葬し、永遠の眠りにつかせ、遺髪等は神戸市青谷の妙光院（神戸三宮駅よりタクシーにて約七〜八分）に納め、同馬の成仏《じょうぶつ》法要を相済ませましたので、今后《こんご》共冥福《めいふく》をお祈りいただければ幸甚《こうじん》の至りと存じます……。

残菊。重陽の節句が過ぎてもなお咲き残っている菊。重い首をもたげてけなげに生き抜いているとも、散る時期を逸して輝きそこねたとも言える、酷薄で、しかも美しい言葉だ。失われた原稿が姿を変えてよみがえり、処女短篇集の表題作となる。菊の花で飾られた道を駆け抜けることのできなかった馬がべつの機会をとらえて直線を抜け出し、歴史に残る名馬とたたえられたようなぐあいだ。「殘菊抄」だなんて菊花賞の選に漏れた馬たちを扱っているみたいだという筧さんのつぶやきは、あながち的はずれとは言えないのかもしれない。保管していた手紙がすでにしてコピー印刷だからあまり意味はないけれど、筧さんの上客には周囲が変色している古い紙のほうを、つまりオリジナルとも言えないオリジナルのほうを引き取ってもらえばいいだろう。

その夜、久しぶりに「かおり」に顔を出してみるとやっぱり正吉さんはいなくて、私はいつもより奥の手洗いのドアに近いほうの席に陣取って定番のひとつを食べた。秋茄子《なす》に縦の切れ目を入れ、そこにモッツァレラチーズと厚手のベーコンとトマトの輪切りを一枚挟み、衣で包んで揚げる。なんということもない家庭料理に近い風味の、しかしひと口かじればアツアツで舌が焼けそうなラザーニャを連想させる味わいである。ベーコンとチーズの自然な塩味が効いているから特に味付けもいらず、キャベツの千切りといっしょに食べてもなかなかいける。魚ではお腹《なか》が満たされそうにない夜など、私は自室の台所ではやる気にならない揚げ物を選ぶのだが、いくつか定期的にめぐってくる日替わり定食のメニューのうちいちばん愉《たの》しみにしているのがこの和風イタリアンで、憎いのは、いっしょについてくる汁物がコンソメスープのたぐいではなくてお豆腐のみそ汁であることだった。わかめとネギも少々入った純和風の汁物が、なぜこってりした洋風の揚げ物に合うのだろう。

このお料理は、お寺の住職さんだった方に習ったんですよ、とあんまり美味《おい》しいを連発する私に女将さんが秘密を明かしてくれる。

住職だった？

ええ、元住職さんなの。

その男性は茨城の小村にある寺の跡継ぎだったのだが、檀家《だんか》が減って経営が成り立たなくなり、あれこれ転職を考えた末に、厨房《ちゅうぼう》での経験を生かして調理師の免状を取ったという風変わりな料理人で、田端に開いているその元住職の店で創作料理を食べて感激した女将《おかみ》さんは、作り方のこつを特別に聞き出したのだという。こつっていうからには、やっぱりなにか隠し味があるんでしょうね、と私がつっこむと、あら、そういうんじゃなくて、材料の質についての簡単なアドバイスですよ、ベーコンはパックのものじゃなく肉屋で固まりを買ってきて自分でスライスするとか、安物のとろけるチーズなんて使わずにしっかりしたモッツァレラを使うこととか、そんな程度の。もっとも最初は茄子のかわりにお豆腐が使われて、揚げ出し豆腐ふうのものだったそうですけれどね。

精進料理を作っていた人間がいきなりそんなにこってりしたものに宗旨替えするなんてと思うような輩《やから》は、坊主のなんたるかもわからぬ世間知らずなのだろう。女将さんによれば、その料理人は住職時代からおどろくべき健啖《けんたん》家で、法事のあとの宴では骨付き肉をばりばり食い散らし、日本酒じゃなくてウィスキーを持ってこい、デザートにはメロンを寄こせと好き放題だったらしいのだが、それはともかく「かおり」の定食の立派なところは、みそ汁を啜《すす》ったあとでもちゃんと珈琲が飲みたくなることだった。私はいつもの一杯を頼む前に、勝手なことをして怒られるかもしれませんが、こちらを保存して正吉さんのカステラはみんなで食べませんか？　おなじ銘柄のものを買ってきましたから、と持参の包みを差し出した。正吉さんのカステラを持ってきてもらって中身を取り出してみると、私の用意してきたもののほうが、ずっと嵩《かさ》がある。あら、これじゃあ釣り合いがとれないわねえ、それに賞味期限が切れてますよ、冷蔵庫に入れておきましたから一日、二日は大丈夫だと思いますけど、どうなさいます？　と困惑気味の女将さんに、大きくなるぶんには問題ないんじゃないかな、それにちょっと古い方がざらめがしっとりとなじんで、かえっておいしいんですよ、とあえて気軽な口調で進言してみると、このところよく顔を出す阿武隈《あぶくま》さんが、そんなうまそうなのがあるんだったら、ぼくも珈琲を一杯もらおうかなと身を乗り出してきた。いや、お茶でもいいんですけれど、その、カステラなんて最近食べてないもんだから、ごいっしょしてよろしいですか？

顔と名前は一致しているのだが、阿武隈さんと口を利《き》いたのはこれまでわずかに一度、それもついこのあいだのことで、正吉さんがいなかった夜にたまたま先の揚げ物を褒めたら、あれはいけますね、とにこやかに話しかけてきたのだった。折り目正しい、だますよりはだまされるタイプとおぼしき阿武隈さんはタクシーの運転手で、夜の仕事の前に「かおり」に立ち寄って腹ごしらえをしていくことがあるのだ。酒を飲むときはもっぱら飛鳥山公園と鉄道の高架のあいだに隠れてそこだけ時間が停止したような薄暗い路地まで出かけて、この店では食事しかしない。じつをいえば、どんな客の話でも淡々と聞いている正吉さんの顔を例外的にゆがめさせるのが車の話題で、食うためにならなんだってやるが、バスやタクシーの運転手だけはごめんだというのが正吉さんの口癖だった。理由は簡単で、要するに私同様、免許を持っていなかったのである。

阿武隈さんはいまの仕事に就いてまだ三年にしかならず、それ以前は二十五年にわたって船舶の通信士として働いていた。どうしてそんな話になったのかといえば、姿の見えない正吉さんの行動形態を回遊魚に喩《たと》えたのが腑《ふ》に落ちたものだから私がその話題を蒸し返し、なにかをじっと待ってばかりいるより、ぐるぐる周遊しているうち自然と元の場所に戻ってくるような暮らしならきっと退屈しないでしょうねと女将さんに話していたとき、隣で食事をしていた阿武隈さんが、ぼくこそ回遊魚かもしれないなあ、とにこやかな顔で相づちを打ったからだ。ありていに言えば、阿武隈さんは海の職場を奪われて、しかたなく陸にあがってきた。六分儀ではなく通信衛星システムで船舶の位置を確認するこの時代、通信士にしてもモールス信号から無線へ、無線からテレックスへと移り変わり、それがいまやファクスになりつつある。機材さえあれば誰にでもこなせる仕事を、もはや特殊技能と呼ぶわけにはいかない。じっさい通信士の持ち場はどんどん減らされ、実務は船長や機関士が兼ねるようになってきた。そうした技術革新によるプレッシャーと周囲の無理解に耐えきれず、阿武隈さんはついに碇《いかり》をおろして陸に活路を求めたのである。

高校生の息子と中学生の娘がいれば、なにがなんでも働かざるをえない。建設現場でも清掃員でもビルの管理人でも、仕事がもらえるならなんだってよかった。しかし阿武隈さんは、ひとところにじっとしていることができなかった。いくら狭い船室から出ないといっても、次々にあたらしい停泊地へたどり着くわけですからね、それも毎年おなじ港へ立ち寄るんだからこれはもう回遊魚ですよと阿武隈さんは私に杯をすすめ、でもぼくはなんだかぐるぐるまわってないと落ち着きませんでね、それまでは車なんてほとんど乗らない暮らしでしたが、走りながら仕事も道も覚えられるタクシーを結局選んだんですよ、あなたのお話をうかがっていて、回遊魚とはまったくよく言ったものだと感心しました。正真正銘の回遊に生涯を捧《ささ》げる仲間たちと遠い寄港地とをむすぶ、見えない細い線の役割を死ぬまで果たそうと心に決めていた時代のことを、阿武隈さんは初対面の私に、べったりしない言葉づかいで淡々と話してくれたのだった。

カウンターのむこうで、女将さんはドリップポットを持った右手の手首と肘《ひじ》のなかほどをまたあのぽちゃりとした白い左の手で支えながら、無言のまま神経を集中して珈琲《コーヒー》を落としている。身体《からだ》の線とその手の位置関係の不思議なよじれには、たぶんこちらからは見えない両足の使い方がかかわっているのだろう。鮮やかな卵色と茶のストライプで空間を切り取ったふうのカステラが載っている藍《あい》の美濃《みの》焼の小皿のならびに、それにあわせた取っ手のない湯飲みがふたつ置かれていたが、女将さんはそれに手早く優しく珈琲を注いで、私たちに、つまり私と阿武隈さんに出してくれた。べつに頼んだわけではないのに、正吉さんと飲むときにいつも使わせてくれるくすんだ鼠色《ねずみいろ》の器とはちがうカップが用意されている。女将さんもひと切れどうですかと勧めてみると、なんだかこのごろ太ったせいか膝《ひざ》が痛くって、立ちっぱなしなんだから仕様がないんだけど、すこし体重を絞らないとアクセルが踏めなくなるかもしれないの、申し訳ないけれど遠慮させてください、と恥ずかしそうに微笑《ほほえ》む。

そうだった、彼女は鮫洲の自動車学校に通っていたのだ。いったいどんな足先でアクセルを踏んでいるのだろう？　珈琲をドリップする際に見せるやわらかな姿勢とマニュアルの変速機にたちむかうきりりとした姿が頭の片隅に居座りそうになったそのとき、アクセルは膝じゃなくて足首だけ使っていればいいんですよ、と阿武隈さんが静かに切り出した。加速も減速も、ぼくの場合はみんな足首の感覚です、なんと申しますか、これはおふくろがむかし踏んでいたベルト式のミシンのペダルとおなじ要領で、もちろん膝が緩衝装置になるんだから負荷はかかりますけれど、ポイントは足首です。膝で押してはだめです。あらそうなの？　じゃあこの次に試してみようかしら、としきりに感心する女将さんの富士額を眺めながら、私はまた正吉さんの言葉を思い出していた。木挽《こび》きのコツはなんだか知っているかと質問されて、したり顔で膝の使い方でしょうと応《こた》えた私に、正吉さんはにやりとしてこう説明してくれたのだ。膝が大事なのは誰にでもわかる。腰だって肘だって歯車のひとつだ、挽くタイミングがずれれば、すぐに歯が嚙《か》んじまう。何年かやってみてようやくわかったのはな、木挽きってのは足首がすべてだってことだ。土や葉のうえに立つ俺らの身体を傾斜地で支えていちばん単純でむずかしい動きをするのは、膝じゃなくて足首だ。それがわかったとき、俺は木《き》を伐るのが好きになった。

日々の暮らしのなかで、私の足首はうまく機能しているだろうか？　いくらパドックで馬の足首を観察しても、それで自分の足首が強くなるわけではない。阿武隈さんの言葉と正吉さんの言葉が重なって胸を締めつける。本当の足首でなくともい い、たとえば生き方を左右するような思考の足首が、私に備わっているだろうか？　珈琲を口にしながらそれとなく足もとに視線を落とすと、椅子《いす》に座っているせいでわずかに丈が短くなったズボンからはみ出している踝《くるぶし》のうえの、靴下のワンポイントマークが左右ちがっていることに気づく。私は今日、こんな格好で授業をしていたのだ。頰が赤らんで、じわりと汗が流れた。

9

米倉さんのところへ家賃を払いにいっていつものように林さんに軽く会釈《えしやく》をした瞬間、そうか、瀧井孝作の横顔が誰かに似ていると思ったその誰かとは林さんのことかと急に合点がいき、なんだか嬉《うれ》しくなってめずらしく話し込んでしまった。瀧井孝作に似てるって言われませんかと尋ねても無駄だろうし――林さんだからというのではもちろんない。いったい誰が瀧井孝作の横顔なんて知っているだろう――、こういう場合の通例として天気と景気から話題をこしらえていく。もともと無口なひとだが、この工場での接客とおしゃべりは米倉さんひとりで担当しているので自分から口を開く必要がほとんどなくなり、誰かが訪ねて来ても頭を下げるくらいで黙々と仕事をこなしている。けれども私にはいちおう雇い主の間借り人兼その娘の家庭教師という肩書きがあるせいか徐々にうち解けてくれるようになった。ベテラン旋盤工の林さんは、左手の中指がほんのすこしばかり欠けている。関節ぜんぶがなくなっているわけではなくて先のほうが爪《つめ》の一部といっしょにそげ落ちて丸くなっているのだが、皮膚がほかの指よりてらてらと柔らかそうで、飼い猫の肉球を思わせるところがあった。旋盤や裁断機を扱う工場で働いている人々の指先は、つねに危険にさらされている。どれほど経験を積んで、どれほど丁寧に仕事をしている工員でも、わずかな油断が使い慣れた道具を凶器に変貌《へんぼう》させてしまうからだ。あっと叫ぶ間もなく、指先が、あるいは手首が身体《からだ》から離れているなどという話は、町工場の多い土地にはいくらでも転がっている。私が幼少時を過ごした郷里の町にも、電動のヤスリや糸のこぎり、あるいは段ボール用の強大なホチキスや裁断機で不覚にも指先をつぶしたり落としたりした工員がちらほら目についたし、そういう工員たちを集めて行われる近所の草野球大会などに出場させてもらったりすると、ふだんはまったく冴《さ》えないのに漫画でしか見たことのないような鋭い変化球を投げるおじさんがいて悪童どもを魅了し、お昼をいっしょに食べるときにようやくその指先の秘密を知るなどということもあった。ただしそういう怪我《けが》も名誉の負傷とまではいかず、その人の能力の欠如と不注意の徴《しるし》にしかならないのがつらいところだ。林さんの指先も同類ではあったが、ながいあいだひとつの仕事に打ち込んできた職人の時間が刻まれているものだけに、《足首》とおなじくらいの重みは持っているはずだった。

事故による欠損が彼らの仕事の質になにがしかの保証を自動的に与えるわけではないのだけれど、怪我のあとにもこなさなければならない作業の反復のなかで、それらの指や手はゆがんだまま道具になじんでいく。いや、むしろ順序は逆で、道具が手になじんでくると言ったほうがいいのかもしれない。物と手が互いのマイナス面を上手に補足しあって、以前よりもっとなめらかな動きを実現するのだ。林さんの働きぶりを見ていると、職業柄つきあわざるをえなくなったそれらの傷跡を誇りにするとか、頑固者にありがちな空威張りの種にするとか、そういった押しつけがましさがまるで感じられない。よけいな肉のそぎ落ちた左手の、節くれだった指をさらにくっきり節くれだたせて左右のバランスを絶妙に塩梅《あんばい》しながら、私にはただの鉄の固まりとしか形容できない物体にみずから焼きを入れて鍛えた刃先をあてがい、美しいコイル状の削り屑《くず》を飛び散らしていく。職人のなせる技なのだからあたりまえなのだが、林さんの手から油の温まった独特の金属臭を立たせて飛び散る銀色のコイルは、その色合いも太さも渦巻きの形もすべて一律にそろってため息が出るほど美しい。これまでも幾たびか、家賃を払いに来た帰りなど、林さんの巌《いわお》のような背中越しに、仕上がりつつある部品の艶《つや》やかな地肌ではなく飛び散っていく削り屑のはずむさまを遠巻きに眺めていることがあったとはいえ、間近で見ればやはり格別の趣がある。

こんなもの眺めてて面白いかね、と林さんが刃先から目を逸《そ》らさずに言う。ええ、と私。削り屑の形や大きさで、いろんなことがわかるみたいですね。

林さんはちょっと手を休めてこちらを見、なにか言うのかなと思ったら、そのまま黙って仕事に戻った。集中力を切らさないよう、話しかけたりしてはいけないのは百も承知だったが、どうしたものか言葉が口をついて出てくる。大工の友だちがいるんですが、そいつは電気鉋《かんな》じゃなくていわゆるふつうの鉋を使っていて、よく話してくれたんです。木の善し悪《あ》しだとか刃の研ぎぐあいとか、もちろん腕のいいことが前提なんでしょうけれど、いろいろな要素が調和してはじめて美しい削り屑ができる。その日の気温とか湿度とかで感触の変わってくる木の肌を読んで、その微妙な変化を、刃の出し方や力の入れ方や挽《ひ》くタイミングといった経験値から割り出した勘という方程式にあてはめてみる。物をつくるひとはみんなそういう指先の、指の腹の感覚を研ぎ澄まして、皮膚一枚の感触に心と神経をくだいている。だから薄い削り屑がいちばん大事な判断材料のひとつだって。火花と削り屑の様子をみてるうちに、そいつの言葉を思い出しました。

林さんは、ふむ、と語尾を曖昧《あいまい》に消すような声を発してしばらく作業をつづけ、その大工の言うことはまちがってないとあたしも思うよ、とこちらを見ずに賛意を表明した。最近はホームセンターだのなんだの材料も道具もおあつらえ向きのまがい物が揃《そろ》ってるからみんな誤解してるようだが、金物屋で出来あいの道具を買ってきてなにかを作ろうったって、そんなものは根本からして寂しい。本当に斬新《ざんしん》なものってのは、それを作るための斬新な機械が必要なんだから、と林さんは手もとを見つめたまま、不思議と研磨の音に負けない声で言う。私は首肯するほかなかった。誰も考えつかなかった品物は、誰も考えつかなかった方法でしかできないはずであり、しかもその発想の源はけっして奇を衒《てら》ったものでないことが多いからだ。最初からこういうものをこのくらいの大きさで商品化しろという拘束があり、そこにむけて部品を開発するプロジェクトの一端を担《にな》う仕事があるかと思えば、現物があってもそれをどうやって製造したのか工程がまったくわからず、分解したり組み立てたり、話は古いがちょうど種子島《たねがしま》に伝来した鉄砲の銃身のネジを見よう見まねで切った鍛冶《かじ》屋みたいに掌《てのひら》の感覚だけを頼りに不足分を補い、あたらしい血肉にしていく道筋もある。どちらも職人としては至極まっとうな思考の「手」順だろうし、職種によってはそれが「足」順になるのだろう。本物の技術の持ち主なら形に手で触れ、持ち重りの感覚だけでモノの善し悪しが判断できる。一瞬のうちに無駄のない工程が幾通りか思い浮かび、ああだこうだ理屈をこねる前にもう身体が動きはじめている。私が正吉さんや林さんにたいして素直に参ったと告白したくなるのは、彼らがそういう手足の思考能力を大切に育ててきた人々のうちに数えられるからではなかろうか。

ひとつ訊《き》いていいですか？　焦《こ》げた油の臭《にお》いを流しながら天の川みたいな銀の帯を宙に舞わせている林さんに私は言った。あそこに貼《は》ってある警句、林さんが考えたんですね？

確認もしないでながいこと米倉さんの駄洒落《だじゃれ》だとばかり信じてきたのだが、話をしているうちに、これは林さんが自分で書いたものでなくてはならないという気がしてきたのだ。これかね、《旋盤ハ二刃ヨリ芳《カンバ》シ》、そう、あたしが書きましたよ。いま鼻をついてるこのきなくさい鉄と油の臭い、これが好きでないと務まらないから。将来立派になる人物は子ども時分から秀《ひい》でてるってことわざを借りただけのことだけれど、ひ弱な二枚刃なんかよりごつい旋盤のほうがあたりのやわらかい仕事をこなせるんだって、それが言いたくてね。注文がありゃ、あたしは旋盤で髭《ひげ》を剃《そ》ってみせますよ。十年近くこの信条を垂れ幕に書いて貼ってます。大将も気に入ってるようだから、剥《は》がせとは言わないな。

林さんが親しみをこめて米倉さんを大将と呼んだことに驚きつつ、私は長居してすみませんと頭を下げ、せっかく顔の相似に気づいたのだから、翻訳の疑問点を調べるついでに図書館で瀧井孝作全集でも読もうと、尾久の碁盤目に出ようとしたそのとき、ただいまあと元気のいい声がして、のびのびと草をはんだ羚羊《れいよう》さながらの勢いで咲ちゃんが飛び込んできた。美しくしなやかにちがいない足首を駆使して彼女がブレーキをかけなければ大変な勢いで衝突し、どちらかが怪我をしていただろう。わおっと声をあげて胸を後ろに反らせた咲ちゃんは、私の顔を見るなり、あっは、ちょうどよかった、来週の日曜日、あいてる？　と前置きもなしに言う。あいてるもなにも、あけてくれっていうことならあけるよ。私はまず咲ちゃんの歯とそれを囲んでいる薄い唇を見、しかるのちに垂れ気味の愛らしい目尻《めじり》へと視線をあげた。ほんと！　約束してくれる？　大会なの、監督が二百メートルで頑張ってみろって許可してくれたんだ。おばあちゃんのお弁当も予約済みだから、お父さんと来て。

短距離が専門の咲ちゃんは、百メートルではあと一歩で全国百傑に入れるかもしれないというくらいの——その一歩が途方もなく遠いのだ——立派な記録の持ち主なのだが、なんとしてもやりたいと念じつづけてきたのは二百メートルのほうだった。しかしトップスピードの維持に弱点があって、直線だけでならごまかせるその弱さが二百になるとあらわになり、いつも後半に失速してしまうのだ。それを補うために基礎体力と持久力をつけるトレーニングを積んできたにもかかわらず、春からほとんど記録が伸びていなかったのである。いっしょに学校の宿題を片づけているときいつもの明るい調子でふとそんな悩みをうち明けてくれたこともあったのだが、私には彼女がどれほど真剣な気持ちで陸上に打ち込んでいるのか、本当のところ判断しかねていた。短距離でめざましい成績をあげてどこか有力な高校から推薦入学の誘いが来るのを待つという野心を聞かされたこともないし、またかりに遠方からそんな誘いがあったとしても、米倉さんとおばあちゃんを残して彼女が寮生活に入るなんて、とてもありそうに思えなかった。じじつ、よくよく説明を聞いてみると、咲ちゃんが二百メートルに執着しているのは、カーブがあるからだという。四百メートルリレーにも出場してきた彼女にとって、コーナーワークに格段の珍しさがあるわけではないはずだが、バトンの受け渡しがあいだに入って走る距離が伸び縮みするリレーと異なり、二百の場合は最初から最後までみずからの責任で走りきることができるうえ、遠心力に負けないよう身体を倒しながら左右の足首を不均衡に酷使するあのよじれが徐々に修正されて直線に飛び出した瞬間の解放感と加速は、経験した者にしかわからない圧倒的な快感なのらしい。

決勝には出られるんだろうね？　うん、実力が発揮できれば、たぶん、と咲ちゃんは言い、今日の夜から食べるほうも特別メニューなんだ、英語もあるしさ、と淡いピンクの舌を出す。つまり夕食に招待されてるってことかな？　私が確認すると、ちがうちがう、招待じゃなくて、これは来週のお礼、と変に時制のねじれた表現を使う。お礼というのはたいてい完了された行為にたいして払う敬意だと私は認識していたのだが、最近の子どもたちはそうやって自在に時の流れを変えてしまうのだろうか。ともあれ私は喜んで、その前払いの食事を、英語の勉強ともども受けることにしたのだった。

＊

午後、王子駅のガード下の立ち食いそば屋にでも入ろうと思って昼時の混雑を避けるようにちょっと時間をずらし、夏の盛りに首振りのいかれている古い扇風機を買ったリサイクルショップの前を通ったところ、店先に何台か自転車がならべてあった。そのうち一台は五段変速のバックミラーつき、しかも後部車輪のガードに玩具《おもちゃ》みたいなウインカーまでついている型で、懐《なつ》かしさのあまりつい値札をのぞいてみたところわずか三千円とある。自転車屋で中古を買うのとはだいぶ事情がちがうし、盗難車が流れている場合もあるので注意が必要だが、これくらい古いものになれば誰かが処分してくれと頼まないかぎりわざわざ運んで来たりしないだろう。

雑多な品物を積みあげたテーブルのむこうでこれも売り物のテレビを観《み》ていた親父《おやじ》に頼んで引っ張らせてもらったら、後輪のブレーキが甘いものの変速ギアやウインカーはまちがいなく機能し、ハンドルはプラスチックの握りを取りはらって競輪選手がやるみたいにテープを巻くという、これもむかし流行した形がそのまま残されている。免許もない男にとって自転車は好きに操ることが可能な唯一《ゆいいつ》の乗り物なのだからよほど慎重に選ばなければならないはずなのに、しばらくすると私は金を払ってそれにまたがっていた。

じつを言えば、佐竹精米店の爺《じい》さんが使っている、ふつうの車種よりもパイプの太いベンツふうの黒自転車が欲しかったのだが、角を曲がるたびにウインカーをチカチカつけるのも、やってみればそれなりに楽しい。グリップが低いため深い前傾姿勢を保ったまま乗らなければならないのが難点だけれど、変速ギアの威力はたいしたもので、飛鳥山の麓《ふもと》まですいすいと走り、予定通りガード下でそばを食べると、いつもなら都電で一挙に下ったり難儀してのぼったりする坂道をえっちらおっちら、途中までなら私の体力でもなんとかこなすことができた。乗っても引きずっても、何年ぶりかの自転車はひどく新鮮で、私は電車道につかずはなれず細かい道路をうねうねたどり、勢いを止めることができずにとうとう大塚まで走ってしまって、さすがに足が限界に達していたので人目を盗んで駅前広場に違法駐輪すると、都電に乗って豊島区の中央図書館まで移動した。この図書館には縁日の終わりの、半分たまれた出店みたいな食堂があって、その気なら食事つきで一日中ずっと本を読んでいることもできる。私は一九七〇年代末に刊行された『瀧井孝作全集』の、ほとんど処女小説といってもいい「父」の収録された巻を借り出し、ゆっくりと読みはじめた。

正直に認めなければならない。私が自転車を買ってしまったのには、たぶん島村利正の『妙高の秋』の一篇「焦土」で触れられていた、瀧井孝作の「父」についての一節が影響しているだろうということを。ごつごつしたこの短篇の魅力の一端を、島村は自転車の使い方に見出《みいだ》していたふしがあるのだ。主人公の「私」は、飛驒の実家にいる母——じつは父の後添えで血のつながっていない母——が風邪で急死したとの報《しら》せをうけて、急ぎ郷里へ戻ろうとする。ところが中継の駅から最終の乗り合いが出たばかりで、「私」はしかたなく自転車を借りて、薄暗がりをひた走る。

長く鮮明な街道が真直《まつす》ぐに伸びてゐる。一台の中古の自転車が、私の体近く引付けられてゐる。自転車は精巧な品ではないが、今日唯一の心恃みのもので《だの》ある。街道の上に私はそれを立て、一筋の道が真中から自転車の左右に開き、道端に黄色を刷《は》いた枯生《かれふ》などが、直ぐ後ろになる。（午食後岐阜を出、十五里往《い》つて金山町で夕食。それからランプをつけて二十里。明方には家に到着する）路上の自転車のうへを左《さ》う思うて来た。

が、概《おほ》むね田舎の道路は砂利で築かれてゐて、砂利の埋つてゐる箇所は、漆喰のやうに坦坦としてゐる。時に二三の小石が其上《その》に散在してゐると、馳る自転車の護謨輪《ゴム》に小石はプツと弾《はじ》かれて飛ぶ。が道路看守人が砂利を敷いた儘《まま》の、新しい砂利を踏む時は斯《この》道路は田舎そのものの退屈と憂鬱《いううつ》とを露骨に頭へ訴へてくる。又往往《また》、轍《わだち》の跡のぬかつた、赤く濁つた水溜《たま》りが路上にあらはれて来て、私を幾度か、自転車の腰掛から体をもぎ離なさせた。

而《しかう》して、陸《をか》のものの刈株が既に色が変り、私の願はない夕闇《ゆふやみ》が眼を離す隙なく斯田舎のうへを閉ざし、馴《な》じまない土地で、私は自転車のペタルを踏んでゐたが、昼の明さを断切つた、厳格な夜が咫尺《しせき》を塞《ふさ》ぎ、私は一歩も動けなくなつてゐた。

俳句から散文へ移ったひとの文章とはかくあるものかと思わせる牢固《ろうこ》な一節。語り手が消化しようとしている距離の先には、無器用だが静かな愛情を義理の子どもたちに注いでくれた継母の死がある。山国へさしかかる寸前に落ちてきた闇に行く手を遮られた彼は、いまや火の消えたランプだ。夜の八時、神淵《かぶち》という村の郵便局で電話を借り、事情を説明して明日のうちには到着できると伝えてもらうのだが、翌朝、もう葬式は済ませた、午前九時を過ぎたら荼毘《だび》に付さなければならない、「死顔に逢《あ》はれず、もう骨になつてしまつた後だから、——急がずに、道中きをつけて下さい」と連絡が入る。彼と自転車は、煙になった存在を頭に染《し》み込ませながらふたたび山道を走る。礫《つぶて》にはじかれたタイヤの振動がハンドルを握る手にがくがく伝わってくるような自転車のありようは、たとえば瀧井孝作の師である志賀直哉のよく知られた短篇「自転車」に登場した、語り手の物欲を刺激する輸入物のハイカラなモデルのそれとはかなり趣がちがう。自転車が運んでいるのは人間であると同時に、一種の気根ともいうべきなにかであって、それが胸を打つのだ。思うようにならない暴れ馬をなだめ、さとし、御して駆けていく朝。がたがた道に耐えきれず、ついに途中でパンクしたその簡素な馬を、主人公は自転車屋であわてて修理する。私は、さらに距離をかせごうとする彼の後ろ姿を、固い地面の跳ね返りに耐える足首を想像しないではいられなかった。

夕刻まで読書をつづけ、ふたたび都電で大塚まで戻ると、家路を急ぐ人々で混雑した駅前広場から私もまた自転車に乗ってもと来た道を走った。これも一時期の流行だったのだろう、近ごろはめったに見かけなくなった、蚊かトンボみたいな四角い複眼のライトを照らす発電器の負荷が力ない私の脚にはかなり重かったが、自分の身体《からだ》のエネルギーを推進力に変え、それを電力に変えるという単純な連鎖を味わうこともまた久しくなかったせいか、速度をあげて白っぽい光が満ちても、速度を落として黄色く弱々しい光になっても愉《たの》しさは減じることなく、この調子ならいつまでも走っていられるように思えた。裏通りに入ると、砂利ではなくアスファルトとタイヤのゴムのすれる音が発電器のういんういん唸《うな》る音に重なってくる。このくらいの騒音なら背後から車が来てもすぐにわかるだろうし、無灯の自転車だってよけることができるだろう。なにしろバックミラーが装備されているのだ。しかしそんな常識が成り立たないのがいまの世の中である。いくら街燈《がいとう》が整備されているとはいえ、無灯で走る乱暴な輩《やから》はいっこうに減る様子がない。前方の闇のなかを灯りもともさず走ってきたり、背後から猛烈な勢いで走り抜けていったりする凶器の自転車に対処することのほうが、山道を何十キロも走るよりよほど緊張する難事かもしれなかった。

腿《もも》のあたりがふたたび張ってつりそうになったころ飛鳥山の坂道にさしかかり、私は道なりにくだって右方向にハンドルを切ると、そのまま電車道沿いを走った。先ほどのリサイクルショップにまだ煌々《こうこう》と灯りがついていたので、いったん自転車から下りて店の主人に挨拶《あいさつ》し、なかなか調子が良くて大塚までいって来たと報告したところ、彼は眉根《まゆね》を寄せて、大塚？　その自転車で大塚までいって来たの？　と心底驚いたふうである。私はてっきり自分の冒険を褒められたのだと思って得意げに、いやあ、たいした距離ではありませんでしたよなどとうそぶいて見せたのだが、とんだ勘違いだった。主人は店先まで出てきて、車なみにウインカーをつけて停車させてある二十六インチの愛車に一瞥《いちべつ》をくれると、頭をかきながらこう忠告したからだ。自分で売っといて無責任だけど、そんな自転車であんまり遠くへ走らないほうがいいですよ。

10

レンジまわりのタイル壁に直接とりつけた橙色《だいだいいろ》の電球が、台所と居間を仕切る古い障子戸になんだか細い蛙《かえる》が蹴伸《けの》びをしているふうの妙な影絵を映し出している。伸びたり縮んだり、霧のなかに現われたブロッケン山の怪物みたいにおどろおどろしい形になったかと思えば、ふにゃふにゃと崩れて薄い染《し》みのようにもなる。米倉さんの工場の二階の居住空間は、亡《な》くなった奥さんの希望で以前住んでいた家の古材が流用されているため、外壁の印象をみごとに裏切る純和風の造りになっており、畳敷きの居間と細ながい板の間のお勝手のあいだに置かれた障子の引き戸の、目隠しと採光をかねる便利至極の機能は、はじめてきたときから気を惹《ひ》くものだった。

馬券を買うわけでもないのに秋競馬の話でもりあがっている私と米倉さんの横でうごめくその影の正体が咲ちゃんだとわかってはいても、いったいなにをやっているのだか知りたい気持ちを抑えるのは難しい。しかし料理をしているところはぜったい覗《のぞ》かないでと鶴《つる》の恩返しさながらに懇願した彼女の白い歯を思うと、いまさら障子戸を開けるのもためらわれるのだ。

そう遠慮せずにもっと呑《の》みなよ、このあいだもあんまし呑まずに帰ったんだからさ、家庭教師はまあいいから、と元気よく地元産キリンビールの大瓶を傾ける米倉さんの手をかわしつづけるものだからちょっと気まずくなりかけていたのを、部屋の隅で端座しながらテレビを観《み》ていたおばあちゃんが、いいかげんにおし、酒はたわけ水といって、度を超すとみんなに迷惑がかかる、無理に勧める馬鹿《ばか》がどこにいるかね、と張りのある声で、しかし温かく叱《しか》ってその場を取りつくろってくれた。毎晩おんなし台詞《せりふ》ばっかり言わないでよと渋い顔の米倉さんに、ビールでお腹《なか》がいっぱいになったら、咲ちゃんの料理——鶏殻《とりがら》をふんだんに使った野菜の煮込みだと予告されていたが、カレーのルーなしみたいなものだもんと彼女は余裕を見せていた——が食べられなくなるから控えてるんですと私は正直に言い、ついでに雰囲気を変えようと米倉さんに目で合図して、四つん這《ば》いになって戸に近づいた。そっと開けてみると、驚いたことに咲ちゃんは鶏殻スープの灰汁《あく》をお玉ですくいながら、あれは屈伸というのかスクワットというのか、爪先《つまさき》だけで身体《からだ》を支え、踵《かかと》をきれいに浮かせた恰好《かっこう》で、細い腰を落としたり持ちあげたりしているのだった。お尻《しり》が踵につく寸前で止まって、またゆっくりと上にあがっていく。お玉にはすれすれにスープが入っていて、それをこぼさないよう平衡を保っているのでもあるらしい。伸び縮みしていた細長い影の動きは、この独自の筋力トレーニングだったのだ。呼吸を整え、踊り子の開脚みたいなまるい穴が膝《ひざ》のあたりで楕円《だえん》へと姿を変えていくさまを私は堪能《たんのう》し、咲ちゃんの目に見えない努力とその恰好との不釣り合いに感動したのだが、まだ灰汁取りをしているのだとしたら、付け合わせの干しぶどう入りバターライスはできているのに、ずいぶん待たなければならないなとがっかりした。調子に乗って自転車を走らせすぎたせいか、猛烈に腹が減っていたのである。一時間ほど前、今晩は「謹製鶏殻肉野菜盛りだくさんスープ」なんだ、と手の内を明かしてくれた咲ちゃんに、ちょっとだけ意地悪く「謹製」ってどういう意味だか知ってる？　と訊《たず》ねてみると、さすがに自分で命名しただけあって、知ってるよ、謹んでお作りもうしあげた粗末なお品っていう意味でしょ、と彼女はなめらかに応《こた》えた。粗末なお品は余計だな、とつい教師然とたしなめたところ、だってお父さんがお得意さんに配るどうしようもない品物にはよく謹製って書いてあるもの、てっきり冴《さ》えない品ってことだと思ってた、あっは、と笑ってごまかそうとするので、謹製と粗品はかならずしも一致しないことを私は説明したのだったが、いまふたたび気づかれないよう障子を閉め、あらためて米倉さんの腰にぶらさがったままの謹製らしきタオルに目をやって、言葉というのはじつに厄介なものだと思わざるをえなかった。

粗品には、差し出す側が本当は素晴らしいものだと信じていながらいちおうはへりくだっておく場合と、誰がどう見ても粗末なものを堂々と進呈する場合の二通りあって、正直なのは後者なはずなのに、多くはけちくさいと非難されることになる。つまり用法としては前者のほうが適切なのだ。たとえば私が自分自身を指して浅学非才というのはまったくの真実だが日本語としては誤用になるわけで、みずからを浅学非才と称しうるのは名実ともに優れた人格者でなくてはならないのである。かつて一国の首相にまでなりあがった著名な政治家が、ある場所でおのれを浅学非才の身だと笑顔で言い切った場面をテレビで目撃したことがあったが、そのときに感じた違和感はおそらくこの誤用によるものだったのだろう。鶏殻スープとはまったく関係のない夢想に走って視線の定まらない私に、米倉さんのかすれた銅鑼声《どらごえ》が届く。見た？　見ただろ？　鶏殻スープ初挑戦だなんて言ってるけどさ、あれでほら、あんたに食わせるからって、こないだうちから二回も練習してるのよ、と米倉さんが苦笑する。大量に作るから俺もばあさんも二日間まるまるスープづくしでさ、正直に言うともう食いたくもないんだ、さっきの言葉は撤回、ビールはいいからこの際どんどん食っていってよ。私は偶然玄関口で咲ちゃんに出くわして、ほんの思いつきみたいに誘われたのだとばかり考えていたから、リハーサル済みと知ってなんとも言えない気持ちになった。

それからさらに三十分ほどしてできあがった咲ちゃんの「謹製」スープは、あれだけ煮込んだのにきれいに澄んでいて、薄味のバターライスとあわせると口中でほんのりそのバターが溶け出す、繊細でしっかりした味だった。秋の夜、自炊するのでなく誰かに作ってもらう料理としては、最高の部類に入るだろう。私は心からそれを褒め、おいしい、すばらしいを連発した。あっは！　ありがと！　白い歯を見せる娘のあとを、米倉さんが補足する。最初は鶏殻を軽く煮立てて油分を落とさなかったもんだからぎとぎとしてたし、二回目は灰汁をすくう回数が足りなくて濁っちまったし、味はまあべつとして、なんだか知らないけど咲の満足いくもんじゃなかったみたいでさ、でも俺は、いちばんはじめのぎとぎとしてたやつもうまいと思ったよ。だいぶできあがっていたためか、米倉さんは内緒にしておくはずの話をばらしてしまい、言わないでって頼んだのに、と笑いながら怒る咲ちゃんにぶたれたりしたが、もうスープはうんざりだと文句を言いつつ、三度目の正直でうまくいった今晩の料理だけでなく前の二回ぶんの味もそれとなく褒めてやるところなどじつに父親らしい気配りだなと私は感心し、なんの脈絡もなしに母親がいなくなってしまったひとり娘の将来を思った。

咲ちゃんによると、学校では瞬発力と筋力、自宅周辺のランニングでは持久力を養う練習をこなし、今日みたいに家事をうまく利用して足首なんかも鍛えていたそうだが、これまでカレーを作っているときはそんなそぶりは全然みせなかったのにと不思議がる私に、だって、できてから電話してたんだもの、と口に含んだバターライスがこぼれないよう顎《あご》を上向きにして言う。なるほど、単純な話だ。こんなに簡単なことがわからないとなると、空き腹にほんのわずか流し込んでおいたビールがまわってきたのかもしれない。バターライスをひと皿ぶんきれいに平らげて手を合わせたおばあちゃんが席を立ったあとも米倉さんは気分よくビールをあおり、私はライスもスープもおかわりしてがつがつ食べまくり、おなじ陸上部の女の子からあんたは先生に取り入るのがうまいだけよと思いも寄らぬ難癖をつけられ、今回の抜擢《ばってき》で他人が自分を見る視線に変化が生じたように感じてちょっと落ち込んじゃったという咲ちゃんの話にも、すぐに反応できないくらい満腹になっていた。

記録を残せば、誰もなにも言わなくなる。それが入賞や勝利に結びつけば、すばらしいと褒めてくれる人も出てくる。しかし群れから一歩前に抜け出すと、いままでなんの関心も示さなかったひとたちが好ましくない感情に駆られて妙な言いがかりをつけてきたり、つまらない噂《うわさ》を流したりすることも起こりうる。大人の世界だって、いや、大人になりきれていない男がこんなに偉そうな口の利《き》き方をする権利なんてないのはわかっているけれど、事情はまったくおなじだよ、と私は偉そうに話していた。咲ちゃんが二百メートルに出場したために誰かひとり枠から外されるのは、数字として仕方のないことなんだ。でもね、そのひとのためにも頑張りますだなんてしおらしいことを言えばかえって傲慢《ごうまん》だと言われかねないし、胸を張って嬉《うれ》しそうにしていてもやっぱり生意気だと陰口をたたかれる。さっきの粗品や謹製って単語の使い方にも、そういう隠れた人間関係や感情のもつれを引き出すような怖さがあっただろ？　いったん勝ってしまうと、なにをどうとりつくろっても修復できない状態に陥ることがあるんだ。大切なのは、走りたいように気持ちよく走って、そのうえで勝ち負けの配分を納得することだよ。

わかるようでわかんない、と咲ちゃんが素直に応える。勝ち負けを気にしろって言ってるの？　気にするなって言ってるの？

私は苦笑せざるをえなかった。なんだ、これは正吉さんと私のやりとりの、完全なコピーじゃないか。気持ちよく遊び、いちばん身体にあったリズムで精一杯の仕事をする。そういう自由を手にする権利は誰にでもある。しかし一生懸命やったから負けてもいいと試合の前に悟ってしまうのは見当ちがいだし、かといって是が非でも勝たなければと自分を追いつめるのもおこがましい。このふたつの矛盾のあいだでじっと動かずに待つときの気持ちの匙《さじ》加減はとても難しいのだが、正吉さんの表現をいくらか変形するなら、普段どおりにしていることがいつのまにか向上につのながるような心のありよう、ということになる。いつもと変わらないでいるってのはな、そう大儀なことじゃあないんだ、変わらないでいたことが結果としてえらく前向きだったと後からわかってくるような暮らしを送るのが難しいんでな、と正吉さんはピース缶を手によくつぶやいていた。ありのままってやつが逃げにつながるようじゃ元も子もない。俺にはいまだにその、逃げにならないありのままをつづけるコツがわかってないようでな、いま終わった勝負の、勝ち負けの配分がどうしても納得できんと腹を立てることがある。そんな話を聞いたとき、私も咲ちゃんとまったくおなじ、禅問答みたいな質問を正吉さんにしたのだ。昇り龍《りゅう》を背中に住まわせるにいたった経緯についてまだ一度も正吉さんに尋ねたことはないけれど、「変わらないでいたことが結果としてえらく前向きだったと後からわかってくるような暮らしを送るのが難しい」という述懐は、歳《とし》が離れていても私たちに共通する想《おも》いだと信じていたし、そういう正吉さんの言葉を聞くたびに、自分もどこか目立たない場所に、タツノオトシゴくらいの徴《しるし》は刻んでおきたいと思わずにいられないのだった。

だいぶ目が垂れてきた米倉さんは、勝っても負けても咲が怪我《けが》しなきゃそれでいい、無理しなくてもいい、とやはり父親らしいコメントを残して座布団《ざぶとん》を枕《まくら》にごろりと横になり、私が咲ちゃんとはじめた英語の予習を子守歌にしていつのまにか鼾《いびき》をかいていた。関係代名詞を理解させるために創作されたとおぼしき空疎《くうそ》きわまりない文法書の例文をひとつひとつ読み解き、疲れているはずなのにしっかり集中して辞書を引いている咲ちゃんのやる気が、自転車をこぎすぎた足の張りをほぐすために銭湯へいきたいなあなどとよそ事を考えている私のだれた頭をかろうじて引き締めてくれる。文章の大意をつかむことと単語の意味を調べることが以前ほどには乖離《かいり》しなくなって、私の見るかぎり咲ちゃんの英語力はわずかながら進歩しているようだ。このぶんなら彼女が自分自身で設定したノルマをこなしての陸上競技会でも、ある程度以上の成績をおさめてくれるかもしれない。

さっき煮込み料理ができるのを待ちながら、昼すぎに林さんと話したことを私は米倉さんにも伝えたのだが、削り屑《くず》の手触りや色合いひとつでいろんなことがわかるのはあたりまえで、そういうあたりまえのことを学校でも家でも教えなくなったから駄目なんだと、米倉さんは気負いもなく自説を述べてくれた。林さんは十年くらい前につてがあって川口から米倉さんの工場へ流れて来たらしい。細かい仕事でもぜったい手を抜かないし、図面を見なくても、こういうものが欲しいっていう客の頭のなかにあることを、コンピュータだのなんだのを使わず、勘と経験で具体的な形にできる昔気質《かたぎ》のひとで、本当なら独りで小さい工場でも持ってこつこつやるほうがむいているはずなのに米倉さんとは不思議にうまがあって、ふたつならんだ汎用《はんよう》旋盤の一方を駆使して不況をいっしょに乗り切ってきた。米倉さんに言わせると、林さんの凄《すご》いところは、仕上げの腕前ではなく、そこにいたるまでの段取りと部品の粗挽《あらび》きの丁寧さを忘れないところなのだそうだ。

粗挽きと丁寧さ。相容《い》れない言葉を着実に融和させていくのが、腕に覚えのある職人の倫理である。荒削りとはただの前段階ではなく、全体の流れやひとつひとつの工程においてさまざまな技術が必要になることを見越した仕込みであって、それは一人前の大工が柱に鉋《かんな》がけをするまえの荒削りのとき、図面どおりの寸法に調整するまでの厚みをどれだけ残しておくかに神経を使うのとおなじ道理である。誰かに手伝ってもらったり、外からまわされたりした柱には、自分の感覚と微妙にちがう厚みが、紙の工作で言えば指の太さや糊《のり》の質にあわないのりしろがあるようなものので、むしろ仕事の効率が悪くなるのだと、これもいつか飲んだ晩に大工の友人が教えてくれたことがある。それは私が何人かと共同で翻訳をしたり、誰かの下訳を使ってくれと命じられた場合の居心地の悪さについての愚痴を受けた言葉だったのだが、旋盤でも鉋でも万年筆でも、削っていく素材が異なるだけで、最終段階までどのような順序と手付きで仕事を進めていくかは個人の資質にかかわることなのである。林さんが渡してくれる粗挽きの素材には、米倉さんの技量でその日に求められるいちばん気持ちのいいのりしろが残してあり、寸法ではなく匙加減が完璧《かんぺき》なのだった。

そんなものは自動制御でやればなんでもない朝飯前のもんだけどさ、うちにくるのはそれじゃ成り立たない小口の注文ばっかりなんだ、まだ俺自身が発展途上のときに林さんが来てくれなかったら、簡単につぶれてたよ、と米倉さんは賛辞を惜しまなかった。

なるほど「のりしろ」か。私に最も欠落しているのは、おそらく心の「のりしろ」だろう。他者のために、仲間のために、そして自分自身のために余白を取っておく気づかいと辛抱強さが私にはない。いま咲ちゃんと、ダイジェストというのかあきらかなリライト版でたどっているトム木挽きあらためトム・ソーヤーの、「待つこと」を知らぬせわしない動きが『あらくれ』のお島が見せたせわしなさと似て非なるものだと感じられるのは、後者の心に細い点線で区切られた「のりしろ」がないせいではないか。そこに糊をきちんと塗らなければ形が整わない、最後には隠れてしまう部分にたいする敬意を、彼女が有していなかったせいではないのか。咲ちゃんといて疲れないのは、あっはと美しい歯を見せて笑う表向きの明るさや屈託のなさのせいだけでなく、周囲にいる人間にたいしていつも「のりしろ」になれるような、生まれつきの余白が備わっているせいなのかもしれない。それはまた、米倉さんがまとっている空気の質と、とてもよく似ているものだった。

コンコンと鉛筆の底で食卓をたたく音がして、はっと我に返った。どうしちゃったの、ぼんやりして、いつもと逆！ と咲ちゃんが意地悪そうに言う。ごめんごめんと謝りはしたけれど、米倉さんの鼾すら耳に入らないくらい疲れが出てもうなにもできそうになかったので、こちらから頼んでお開きにしてもらった。二次予選は十時半からだからね、と念押しする咲ちゃんに、大丈夫、電話で起こしてくれればかならず目を覚ますよとふざけてみると、これから死ぬ気で走ろうっていう女の子に電話で起こしてもらうなんて虫が良すぎると叱《しか》られてしまった。

＊

翌々日の夕刻、自転車での遠出に懲《こ》りて都電で町屋へいき、アメリカの州名を冠した殺風景な喫茶店で編集者と翻訳の仕事の打ち合わせを済ませた帰りに途中下車して、鞄《かばん》に忍ばせておいたテンポイント関係の資料を筧さんの店へ届けにいくと、めずらしく奥さんが顔を出し、今日は中学の同窓会があって帰りが遅いんですよ、と申し訳なさそうに言う。そのまま封筒を置いて来ようかとも思ったけれど直接手渡しして反応を見たくもあったのでことづてだけしてもらって出直すことにし、そのまま電車道を歩いて「長寿庵《あん》」でカレーうどんを食べた。筧さんはよくこの店で正吉さんに会うと話していたが、蕎麦《そば》屋にしては正面がめずらしく大きな硝子《ガラス》張りになっているため店内にどんな客がいるのかは通りから一目瞭然《いちもくりようぜん》で、特定郵便局へ小包を出しにいくついでにときどき覗《のぞ》いてはみるものの、正吉さんらしき人影はなかった。紹介しましょうかといって筧さんが正吉さんの名を出したのも、じつは蕎麦屋での四方山《よもやま》話から発展して印章を注文したという程度に過ぎず、そう頻繁に連絡を取りあうわけでもなかったようで、そもそも印章など一度こしらえてしまえば十年、二十年と持つものだから、よほどのことがないかぎり何度も作る必要はないのである。銭湯へいくたびに、今晩こそはあのぶらさがり健康器に紺青《こんじょう》の昇り龍が吠《ほ》えているのではと期待したりもしたのだが、番台の親父《おやじ》は、ここんところ見かけないねえと首を振るばかりで、さほど心配もしていないようだった。私としては知りあってからはじめての長期にわたる不在だったし、またその消え方があまりに唐突だったこともあって心配でならず、折を見ては「かおり」以外の場所に正吉さんがいないか、それとなく探りを入れたりしていたのである。

いったん部屋に戻って書類を置くと、自転車で明治通り沿いをヘッドライトの映える時間まで走りまわり、ふたたび電車道のほうに折れたとき、お店を開けたばかりで戸口の周囲を掃いていた女将《おかみ》さんの姿がちらりと見えた。するすると近づき、こんばんは、と声をかけると、バックミラーまでついた珍妙な自転車に乗っている私を即座に識別できない女将さんが、あら、と驚いた顔をする。白の開襟《かいきん》シャツに黒のスラックスという通勤スタイルなのに、脚の太さや足首の様子はあたりが暗くてよくわからない。食事はもう済ませてしまったし仕事も詰まっているので今日は寄れないんですがと断ってから、私は女将さんに自転車の由来を説明した。羨《うらや》ましい、わたし自転車に乗れないのよ、と彼女は言い、自転車に乗れないのに車の運転なんかできるのだろうかとよけいな気をまわしている私に、あの、立ち話で申し訳ないんですけれどとあらたまって、今度の日曜日、あいてらっしゃる？　と思いもよらぬことを口走った。なんでも鮫洲に住んでいるあの初代の女将が誕生日のパーティーを開くそうで、時間があったら私に来て欲しいのだという。どういうつもりなのだろう？　正吉さんならともかく、私と初代の女将とはなんの関係もないはずだ。

誘われた理由をただしてみると、彼女は左の口もとに小さなえくぼを作って、このお店の由来になった馬のお話をした日のこと、覚えてらっしゃる？　と反対にこちらに訊《たず》ねてきた。ええ、タカエノカオリですね、と私。まだお若いのにその馬の名前もレースも知ってるお客さんがいらっしゃるのよってママに話したらすっかり喜んで、お店の隠れた女神の「生写真」を何枚か持っているので、ぜひ一枚進呈したいって聞かないの。それも、自分で渡したいからお誘いしてみてくれと頼まれてしまって。ここ何カ月かは体調を崩して、どうも気が塞《ふさ》いでるみたいなんです、と女将さんは、控えめだが途切れずに話をつづけた。大井の競馬関係者も呼んでおいたから、そのお客さんも喜んでくださるのじゃないかって。

私はあまり間をおかずに、日曜日は難しいかもしれませんと応《こた》えて、その言葉にわれながら呆《あき》れていた。「かもしれない」とはなにごとだろう？　大切な先約があるとなぜ正直に断らないのだろう？　行けるかもしれないという可能性を含めての、無意識の反応なのだろうか？　もちろん無理にお願いしようというわけではないんです、と女将さんはつづけた。今度お店にいらしたら教えてください。直前までご都合がわからないようでしたら、そうですね、こうしましょう、パーティーはお昼ちょうどからですので、移動の時間を考えて十時半に王子駅の改札でお待ちしてます、それを過ぎたらいらっしゃらないものとして、ひとりで参ります。

女将さんが暖簾《のれん》をくぐってからも、紫色の光を放つ看板のまえで自転車のハンドルを握ったまま、私は腑《ふ》抜《ぬ》けたようにその場から立ち去ることができなかった。

11

気が散ってしかたがないので進行中の実務翻訳の書類と原稿用紙を鞄《かばん》につっこみ、自転車に乗って川べりの公園の片隅にあるコンクリートのあずまやのテーブルを借りてまず一時間、べつの辻《つじ》公園の、子どもたちが歓声をあげている砂場の脇《わき》の騒々しいベンチで三十分、宮の前の甘味喫茶で軽食をとってさらに一時間、飛鳥山のベンチで三十分とあちこち放浪しながら、ためてしまった仕事を片づけていく。風がないので春先みたいな気分でいたのだが、陽射《ひざ》しが雲に遮られるとあたりが急に光と音を失い、ジャンパーの裏地になんとか保たれていた熱が一挙に奪われ、秋の空気の流れが耳朶《じだ》を冷たく凝固させて血の巡りが鈍り、紅葉しかかった木々の梢《こずえ》から大気が枝葉を抜けてジーンズの下のコンクリートをもじわじわと冷やしていく。好天に恵まれているとはいっても、長時間まったく動かずに座っているにはつらい季節になってきた。いつもなら屋内に留まって籠《こ》もりがちの暮らしになるはずなのに、今日はどうしても落ち着かない。品川の湾岸での時間給講師の帰りに海を見に出かけたりしたのだが、それなりのリズムを生みこそすれ、単調な暮らしのおおもとではなにひとつ変わらなかった。昨日、一昨日《おととい》と、銭湯以外は夜も外出しないで佐竹の爺《じい》さんの店の古々米で炊《た》いた椎茸《しいたけ》ご飯に、翻訳の仕事を斡旋《あっせん》してくれる恩人の実家から送られてきた鯵《あじ》の干物や大和煮の缶詰のお裾《すそ》分《わ》けを添えた食事だけでしゃにむに仕事を進めていたせいか、それともまだ自転車での遠出の疲れが残っているせいか、頭も痛いしふくらはぎのあたりがむくんで身体《からだ》中が重い。正吉さんのいない銭湯の熱い湯につかり、フルーツ牛乳を飲んで気分一新しようとしてみたものの、やはり甘ったるくて最後まで飲み干すことができなかった。

それでも自転車に乗っていると、目線が変わってずいぶん気晴らしになる。ハンドルの形状のせいでつねに前傾姿勢を要求されるのだが、ことのなりゆきとしていくら顔が正面を向いていても上目づかいになり、下から上を見あげる格好になるから、風を切る感触は心地よくてもどこか窮屈になる。腰がだるくなったり脚が疲れたりすると、ペダルの高さを左右でそろえて仁王立ちになり、チェーンが車軸を巻く音をチリチリ聞きながら、背筋をぐっと伸ばしてやる。腰にもいいし、またそうすると背丈が伸びて目の位置がさらに高くなり、周囲を見下ろすことができるのだ。ふだん歩いているときとはべつの視線がこうして確保され、よく知っていると思っていた道の奥行きを味わい直すことになった。気分が下降気味なときは、高い空を見あげるより、ぼんやり下のほうに眼を向けているほうがいいのかもしれない。たぶんそんなふうに考えていたからだろう、陽光が徐々に力を失いはじめ、集中力も切れてきたころ、衝動的に、川面《かわも》を見たい、と思った。川風を浴びながらではなく、高いところから細かい波と陽光のきらめきを眺めたい。王子駅の高架からその景色を味わうことはできないので、私はふたたび疲れた脚に命じて自転車を駆り、あらかわ遊園へ急いだ。

ここに来るのはもう何度目だろう。電車道沿いに越してくるまえにも、あるときはひとりで、あるときは何人かの仲間とで、空が広々として過ごしやすいこのささやかな行楽施設へ遊びに来たことがあった。いい年をした大人がやってきても家族連れでなければたいして面白みはなさそうに見えるのだが、大がかりなアトラクションをずらりとそろえた本格的な遊園地などより、子どもたちが安心して遊ぶことのできる乗り物を用意したこういう空間のほうが親たちの表情も落ち着いていて、あたりの空気もやわらぐ。ランニング中の咲ちゃんとばったり会ってもんじゃ焼きを食べた日がそうだったように、晴れた日曜日の喧噪《けんそう》はなかなかのもので、都電の駅からぞろぞろとつづく人波についてわずかな入場料を支払い、川の見える場所でビールを飲んだりするときの気分の良さはなにものにも代えがたい。子どもたちは、ポニーとたわむれ、園内を一周する小型機関車の線路沿いに隠れたそれら動物たちの質素な家々をながめ、地上三メートルほどの単軌道を走る二人乗りの自転車式モノレールで推力を任された父親ともども大騒ぎしたり、わざわざこんなところで買う必要のない玩具《おもちゃ》を売店でねだって叱《しか》られたり、複数の暮らしが一堂に会して部外者の目をも楽しませてくれる。

静かな人気を博しているのは、観覧車だ。窓のある不安定なゴンドラに乗り込んでいく家族連れの表情はすぐに見えなくなってしまうのだが、子どもたちはガラス窓に張り付いているというより、親たちの横で神妙に大揺れを防いでいるようで、彼らの不安げな顔を見ていると、小さかったころ、観覧車のゴンドラに乗る前は自分もあんなふうにおどおどして、外側から閉じられている扉が急に開いて落下するのではないか、横風でゆらゆら揺れて酔ってしまうのではないか、いちばん上でとつぜん停電して止まってしまうのではないかとあれこれ心配になり、景色を愉《たの》しむ余裕などまったくなかったことが思い出されてくる。川面が見たくなってすぐさまここへ飛んできたところまではよかったのだが、いざ切符を買ってみる段になって、ひとりで観覧車に乗ったためしがないという厳然たる事実に遅まきながら気づいた。ひとりで乗ると片側だけに重みがかかって傾くのではないかと怖《おそ》ろしかったせいではなく、なにかに乗るときはたいてい誰かがいっしょにいたからである。散歩の延長として単独で遊園地に入ることはたびたびあったのだが、乗り物にのったことはなかったのだ。

それなのに、私は突如、観覧車に乗ろうとしている。平日の午後遅く、ひとりこんな場所をうろついて観覧車に乗り込んだりする男が係からうさんくさく見られないはずはなかろうが、ぐずぐずしていては陽が暮れてしまう。念のため、切符のもぎりと機関士をかねている角刈りの中年男性に、ひとりで乗ってもいいでしょうかと尋ねてみると、彼はまっすぐにのばした背中のほうで組んでいたらしい右手を出して大人一枚分のチケットを悠長に処理してから、どうぞ、と無表情で言う。どっちにしろお客さんしかいませんよ。

私は貸し切り状態になった観覧車で、すこしずつ天をめざしてのぼっていった。お尻《しり》がなんとなく沈んでいくようにも感じられて四肢に緊張が走ったが、それもほんの束《つか》の間《ま》、ゴンドラそのものがくるりとまわるほどのことでもなさそうだとわかったあとは、鯛《たい》の鱗《うろこ》みたいにほのかなピンクの波を細かく重ねている隅田川の水面《みなも》へと視線を落とした。コンクリートの堤防に挟まれて、水は川幅も勢いも変えることなく平坦《へいたん》に、従順に流れている。清流でも濁流でもない工業用水のような川のたずまいが、おなじく粘土に澱《よど》んだ川面を見て育った私の胸の奥深い記憶と共振し、低周波さながらの遠くて近い微動を起こしたのち、静かに引いていく。薄黄色の光は、ドアの左側の冷たい腰掛けに座った私の正面から射《さ》していた。目の粗い工場の壁面や屋上につきだした給水タンクや町工場の低いスレート屋根を包んだその光は、川の表面ではじき返されるどころか魚もいそうにないような色合いの厚い水の層に染《し》み入り、地上何メートルかの高さから見下ろすとその表面は皮肉にも耐水性に富んだリノリウムの床のような光沢がある。けれどもそこに冷たさはまったくなかった。建物に隠れた地平線の底から照らし出されてくる光の束に黒ごまかと見まがうコウモリの群が低く飛び込み、ぱちぱちとその黄色い帯に抗してふたたび視界から消えていく。

そんな光景を眺めているうち朝からずっと波立っていた心がだんだん鎮《しず》まって、やはり来てよかった、と私は思った。と同時に、もし目の前の席に座ってゴンドラを平衡に戻してくれるひとがいるとしたらそれは誰だろうとも考えていた。十数年まえ鮫洲の自動車学校へ通っていた年上の女性は、たとえ観覧車のなかであろうともメントールの煙草《たばこ》を吸いまくるようなタイプだったからここではごめんこうむりたい。ならば年齢不詳の女将《おかみ》さんなのか、それとも咲ちゃんなのか？　正吉さんがいなくなった晩、カステラの入った包みを抱えて雨の夜道を走って濡《ぬ》れそぼった私に、女将さんは、よかったらこれ使ってと日本手拭《てぬぐ》いを貸してくれた。髪がぼさぼさと逆立つくらいの勢いで私が水気を拭《ふ》き取り、ちゃんと洗ってお返ししますと礼を述べたら、そんな気づかいは誰か大切なひとに取っておいてあげてと彼女はあっさり言ってのけたものだ。大切なひとと聞いて、私は正吉さんが印章を届けにいった、おそらくはなにかいきさつがあるだろう顧客のことをつい想像してしまったのだが、本当は自分にとって大切なひとが誰なのかを問うてみるべきだったのかもしれない。

ゴンドラはたったひとりの客を乗せてまわるにはもったいないくらいたっぷり時間をかけて、私の視界を心地よくゆがめていった。小さなガラス窓の枠に収まる建物が刻々と変わり、それに応じて光も移ろう。しかしそれがどれほどゆるやかな動きであっても、物ごとを深くつきつめて考えるにはあまりに短い時間だった。今晩の夕食をどうするかさえ思いつかないうちに観覧車は一周し終えて私はゴンドラから吐き出され、つい先ほどまで自分が漂っていた中空のいちばん高いところで制止しているピンク色の函《はこ》が複雑な色合いに変化するさまを、階段の下から呆然《ぼうぜん》と眺めるほかなかった。どうします、もう一回乗りますか？　あと何回かぶんの時間はありますよ、と係のおじさんが訊《たず》ねる。私はひと呼吸置いてから、いえ、もう満足しました、あとは自転車に乗って愉しみます、と応《こた》えた。

＊

みごとな青空だった。大気は乾いて、建てられたばかりの木造家屋の無垢材《むく》のきしみが、青みのいちばんうえから聞こえてくるような気さえする。日曜日の朝はやくに起き出すなんてこのところずっとなかったことだから勝手がわからず無為に時間を過ごし、軽く珈琲《コーヒー》を口にしただけで私は自転車にまたがって都電とバス以外ほとんど車のない道路をひた走り、隅田川を越えて北へむかった。川べりの競技場まで、自転車なら三十分もあればいい。予定どおり十時近くにメインスタンドにたどりついた私は、トラック競技の行われているほうへ移動し、客席のなかにさっそく米倉さんを探した。体育の日の、どこかのんびりした運動会もどきの光景を想《おも》い描いていたのだが、競技場に一歩足を踏み入れたとたん、独特の空気がすり鉢の底から微風とともにせりあがってきて、背筋にかすかな緊張が走った。しかし米倉さんはざわついたベンチで煙草をふかしながら、暢気《のんき》にスポーツ新聞をひろげていて、その横に端然としたおばあちゃんの姿もあった。ふたりの顔つきから、咲ちゃんが一次予選を無難に通過したことはすぐに察しがついた。米倉さんに声をかけると、おう、といつもの調子で金の詰め物を見せ、悪いねえ、でも応援はひとりでも多いほうがいいから、さ、ビールでも飲みなよ、とはやくも缶ビールを手渡してくれる。

私の姿を認めたおばあちゃんは、ショールをまとったまま椅子《いす》から身体を起こしてすっくと立ち、孫のためにお忙しいなかあいすみませんですと九十度のお辞儀をする。私は恐縮して、いえいえ、本当はおばあちゃんのお弁当のために来たんですよ、となんとか狼狽《ろうばい》を隠した。

昨日の夜、酒のつまみもあるからいっしょに車で来ないかと米倉さんに電話で誘われていたのを、急ぎの仕事があって朝一番は辛《つら》いのでともっともらしい理由をつけ、あとで合流しますと伝えたのだった。電話口で代わってもらった咲ちゃんに、今晩はよく寝て、明日はぜったい怪我《けが》をしないように落ち着いて走るんだよ、となんだか米倉さんにそっくりな台詞《せりふ》を吐いて励ましておきながら、私は彼女よりたっぷり寝てしまったらしい。明け方に夢うつつで聞いた目覚ましの音がなんとなく黒電話のそれに似ていたのは、虫がよすぎると怒っていた咲ちゃんがかけてくれたのだろうか。いずれにせよ女子の二百メートルは午前中に予選が二本、午後から決勝が行われることになっていた。一次予選を突破するのは確実だが、二次ではまさかということも起こりうるので、とりあえず進行表で十時半に設定されている二度目の試練には生で立ち会わなければならない。むろんその時刻が、女将さんが私を待っているぎりぎりの線で、いまから引き返せばなんとか間に合うこともわかっていたのだけれど、米倉さんのおばあちゃんのお辞儀ひとつで、私の腹はもう決まっていたのである。

一本目は軽く流したみたいで安心して見てられたけどさ、二次にはあいつの苦手な子とか、直線で横にならぶとしつこい奴《やつ》だとかいろいろ出るらしいよ、だから俺はもうビールを飲むほかないってねと米倉さんは笑い、紙皿にあけたさきイカといっしょに、クーラーボックスでよく冷えたビールの缶を手渡してくれたのだった。娘が頑張って走るってのに、酒なしでどうして応援できんかね、とおばあちゃんはいつもの調子で息子を叱り、息子はそのたびに冴《さ》えない言い訳を重ねる。ふたりのやりとりを傍で見ていると、ずいぶん帰っていない里のことをふと思い出したりもした。血のつながっていない人間が結ばれてひとつ屋根の下で暮らし、ずっとそこに居着いて動かないとはどういうことなのか。なにかを待つでもなく、ひとつの場所に一生のあいだ留まるとはどういうことなのか、そして家族でもない私がこのひとたちといっしょにいるとき、なぜ安堵《あんど》するのか。米倉家の面々と話をするときには、正吉さんとの対話ともまたちがう種類の、もっといえば私がどこかで棄《す》ててきたと信じ込んでいた種類のあたたかさがあった。

場内放送とともに、二百メートルの二次予選に残った女子中学生たちがむこう正面、第三コーナーあたりのゲートに集まってくる。抑えたわりに咲ちゃんの予選タイムはよく伸びていて、二組目の四レーンだ。短距離だけの大会ではないから次々に種目が代わり、顔をしかめて長距離を走りつづけている選手からわずか数メートルのところで、ここからは砂糖菓子みたいに見える幅跳びや高跳びの審判が小さな旗をあげたり下げたりしている。観客も自分に関係のある競技しか応援しないからまとまりがなく騒々しいのに、それら騒々しさの渦が隣の渦とまじわらず、トラックの内側をあちこち移動しているようだった。そうこうするうち、一組目がジャージを脱ぎ捨てて身体《からだ》をほぐし、スタートラインに腰を落として足場の確認をはじめた。私はなにか他人ごとみたいに椅子に座ったまま煙草を吸い、さきイカのあとから出てきた柿《かき》の種をつまんでビールを二缶たてつづけに飲み干したものだから尿意を催し、大急ぎでかなり離れたゲートわきのトイレまで走って用を足した。アルコールで顔が火照《ほて》り、自転車の疲れもあって脚ががくがくする。転ばないよう気をつけて階段を下りたときには、あろうことか、もう一組目の結果が電光掲示板に記されていた。トップタイムは咲ちゃんの一次のそれをわずかに上まわっていたが、このくらいの差なら大丈夫、決勝には進めるはずだと、米倉さんにではなく自分に言い聞かせるように口に出して言った。

げっ、ぷうふ、がっ、おうっぷ。ずっと飲みつづけていた米倉さんがいつも家でやっている独特のガス抜きをし、赤鼻のままのそりと立ちあがって、次か、次だな、と金歯を見せ、イカの臭《にお》いをまき散らす。おばあちゃんもふたたび腰をあげ、胸の前で手をあわせているありさまで、おまけにその手首にはひそかに持ち込んだ数珠《じゅず》が巻かれていた。おばあちゃん、これはまだ最後のレースじゃないんですよ、咲ちゃんの本番はこのあとのお昼からです、身体の力を抜いてください、と声をかけたのだが、はい、わかっております、というだけでますます肩が縮んでいく様子である。色鮮やかなゼッケンをつけた選手たちがクラゲみたいに手足をくたくたリラックスさせたり軽く飛び跳ねたりして集中力を高めているその頭上の時計は、午前十時半を指していた。目の前で大きな歓声があがったので視線を戻すと、幅跳びで好記録が出たらしく、鉢巻きをした男の子が背中をまるめてしきりにガッツポーズを繰り返し、かたや次第に動きをゆるめていった女の子たちは、それよりさらに背中をまるめた格好でいつのまにか個々のスタートラインにうずくまっている。六色のゼッケンを水玉模様にあしらった扇がトラックにひろげられ、ちょうど真ん中あたりで赤い背中を見せているのが咲ちゃんだとわかった瞬間、六つのお尻がほとんどおなじ角度であがり、ピストルの号砲とともに、きれいにすうっと動きはじめた。身体を起こすタイミングにどれくらいの差があったのか。いけっ、咲！　いけっ、と叫ぶ米倉さんの銅鑼声《どらごえ》につられるようにおばあちゃんまでが細く鋭い声を発し、私は私で咲ちゃんのながくて美しい真っ白な脚の回転と激しい腕の振りのみごとなバランスに目を奪われ、やがて外枠と内枠の差が徐々になくなってシンクロナイズド・スイミングの団体を見ているように遠近法の詐術《さじゅつ》のなかで六つの頭が寄ってくると、周囲の歓声がますます密度を増してくる。最終コーナーをまわりかけた六頭の若い牝馬《ひんば》の群れからぐんと抜け出し、たちまち数馬身の差をつけて伸びてきたのが赤い勝負服に身を包んだ我らが咲ちゃんだと識別できた瞬間、私の頭は空っぽになっていた。いけっ、咲！　来い！　と叫びっぱなしの米倉さんの声を味方にする必要など、しかし彼女にはなかった。勝ち負けの配分なんかよりタイムなのと決意を表明していたとおりそれはあとの試合に体力を温存しておくといった配慮のかけらもない本気の走りで、コーナーでため込んだ力を一挙に吐き出したその伸びたるや、いまごろは王子駅の改札を離れているだろう女将さんがむかっている初代女将の家にその写真が飾られているらしいタカエノカオリの比ではなく、誰がどう見ても三枠七番で二着に一秒七の大差をつけて桜花賞をレコード記録で駆け抜けた史上最強の牝馬テスコガビーのそれであり、直線に入ってすぐ咲ちゃんの身体は翼をつけたとしか思えないのびやかさで地を這《は》い、地を蹴《け》り、地を舞ってぐんぐんスタンドの私たちに近づき、するとあの晩、手ぶらの正吉さんを乗せたにちがいない黄色い電車を唄《うた》ったのとおなじ甲高い実況が、赤い帽子がただひとつ、後ろからはなんにも来ない、後ろからはなんにも来ない、これは強い、これは強い、恐れ入りましたと鼓膜を揺さぶり、私はいまや阪神競馬場を埋め尽くした大観衆の一員となって空のビール缶を握りしめ、電光掲示板にきらめく数字のめまぐるしい変化を目の端にとらえながら、いけっ、咲ちゃん、いけっ！　と喉《のど》の力をふりしぼり、指の先まで完璧《かんぺき》にフォームを守りつつさらに加速をつづけてゴールを目ざす赤いゼッケンの細い細い背中から発している光の華をいっしんに浴びようとしていた。

解説　文学のくるま

荒川洋治

堀江敏幸『いつか王子駅で』（二〇〇一）は、三島由紀夫《ゆきお》賞受賞の『おぱらばん』（一九九八）と、芥川《あくたがわ》賞受賞作「熊《くま》の敷石」（二〇〇一）の間に書かれた、著者最初の長編小説だ。著者の文学の基点にある、あたたかさと柔らかさを示した魅力のある作品だと思う。この本が出るとき、ぼくは月刊誌「波」にみじかい感想をしるした。以下の解説はそのときの文章を一部あらためたものである。

東京の北部にある王子駅、あるいは尾久《おく》駅周辺、都電荒川線の電車道が、この小説の舞台である。そのあたりに暮らす人のひとり「私」は、実務翻訳をしたり、学校へ教えに出かけたりしている。確たる未来はないものの、その日その日のちいさな出会いを愉《たの》しみ、またそれをたいせつにしている。

ふと知りあった男の人が置き忘れた、カステラの包みをかかえてさまようところから、話がはじまる。そのうちに古本屋の店主、個人タクシー運転手、町工場の経営者などが出てきて、おもむろに市井《しせい》の物語が息づいてゆくのだが、「私」は人間だけではなく風景にも、物の位置にも愉しみをみる人だ。都電荒川線では、ある区間の「わずか一、二分」の下り坂に、とてもいい世界がある。そういうところを「私」は深く、濃く書いていく。だから文章のあいまに、突然のくぼみのようなものがあらわれるが、このくぼみに車輪をとられることもなく、話はそれこそ都電のようなスピードであれこれと、外側や人間の内側の風景に触れていく。競走馬の話なども、楽しげにおりまぜながら。

また「私」は、とりわけ内側を走行中は、昔の人が書き残した、小説のなかへ迷いこむ。王子周辺の土地にかかわるものが多いが、そうではないものも関連でよみがえる。島村利正《としまさ》の「岩清水のような文章」、岡本綺堂《きどう》、瀧井《たきい》孝作、徳田秋声の言葉や文章。それを書きとめると、そこからは精密な文芸批評が、ここちよく加速する。でもまた「一、二分」もすると、町の人たちの、ゆるやかなようすに戻る。このスイッチが、途切れることなく続く。

町の人とのやりとりや自分の町歩きのあいまに、自然に浮かんだ文学の光景には

「子供心に似たほのかな狼狽」（島村利正の作品の言葉）を感じて、生活と文学のむすびめに目をとめる。ときに、思慮をまじえる。「ときどき外国の本を取り寄せて活字を追ったりする者として、いま篠吉《しのきち》の心中にひろがりつつある震えを捕まえてくれるような言葉にはなかなか出会えないなと嘆息したくなる反面、いやそんなはずはない、新鮮な狼狽を現実に味わうのでなく言葉で伝えるにはどう生きたらいいのかを思いめぐらす文学は、国を問わずどこにだってあるのではないかとの想《おも》いもつのる」というふうに。

島村利正の本や文章は、この作品にたびたび登場するが一般にはなじみのない作家かもしれない。でもぼくは好きだった。実はぼくが最初に書いた文章は島村利正「奈良登大路町」(「新潮」一九七一・七)の感想文だ。大学三年のとき福祉関係の雑誌に書いた。一九七〇年から七〇年代半ばは日本の文学が彩《いろど》りを深めたという意味で「文学の時代」だったように思う。新作家の登場とは別に「おとなの文学」も地味だが流れをつくった。戦前に出発しながら十分な活動ができなかった何人かの作家が文壇に復帰、熟成の作を示したのである。島村利正もそのひとりだ。その島村利正に新たな、確かな視線を向ける堀江氏。「言葉で伝えるにはどう生きたらいいのか」に思いを合わせ、自由な時間のなかに立ち、いいもの、美しいものを引き寄せることができる著者の姿に、ぼくはあこがれを感じる。作者としてだけではない。読者としての姿勢が、「生活」が、この小説全体に感じとれるように思う。

では、文学を第一等のものとみているかというと、そうでもない。大家の娘である中学生の勉強をみる「私」は、ある日彼女の宿題をのぞく。そこにはひとつの文章がある。ふさわしい題を考えるようにいわれたらしい。「私」にはそれが安岡章太郎の「サアカスの馬」であることがわかる。生徒たちの答は、だいたい馬につながったようだが、彼女の答は「靖国《やすくに》神社のお祭り」だった。馬につながらなかった生徒が他に二人いて、その解答は「窓の外の眺め」「劣等生」。彼女は、馬をのがした三人のなかの一人に入ったので「銅メダル確実」と、胸をはる。「私」は「なるほど、それがなんとなく変に聞こえるのはたぶん私が表題を知っているからにすぎず」、彼女の答をあやまりだとはいえないと思う。「私」の文学観や文芸批評は、このかわいい元気な女の子「咲ちゃん」と肩を並べるのである。

「私」がふれあった町の人々に共通するのは、彼らがそれぞれの日々の仕事で「手足の思考能力を大切に育ててきた人々」であることだ。「変わらないでいたことが結果としてえらく前向きだったと後からわかってくるような暮らしを送る」人たちでもある。「私」はその指先や、市井の言葉が示すものと、生み出すものと一致する気分を味わう。この一致には「私」の文学に対する希望や期待、夢がふくまれているようで、文学ととても親しい関係にある現実を「私」はよろこびをもってひろいあげ、書き表すのである。そこにこの小説の新鮮さがあり感動があるように思う。

文学のことと現実のできごとが、こんなにきれいに、また楽しげに肩を並べる小説を書くためには、人は、どんなところで注意を払えばよいのだろう。いまは見かけなくなった黒電話、この「黒曜石みたいな塊」をつづる表現。

「まるい穴に人差し指か中指を入れてじりじりとダイヤルを回していくあの感触や、急いでかけようとして穴から指を離すタイミングを逸した瞬間、存外強い力で引き戻される円盤に爪《つめ》をひっかけ、自転車を習いたてのころ踏みそこねたペダルが脛《すね》に当たったときみたいに理不尽なほどの痛みを覚えた記憶の喪失を嘆く人々がいるとしたら、まちがいなく私もそのひとりだった。」

最後まで読んでようやく意味がわかるといいたいほどの長い修飾である。『いつか王子駅で』はこのような情熱的な語句の連結の世界なのだ。こうした「……感触」「……瞬間」「……記憶」は誰もが感じとることだ。こうしたもので、こうしたものをつらねて、いったいなにをするのか、ぼくはじっと考えてみたが、それが、ある、いいものをつくることだけはわかった。
文学の仕掛けのような、悪いものと、とても似ているのに、それはまったくちがうものなのだということが、この情熱の向こうのほうに、ほのかに見えてくるのだ。このような誰もが思うことにあふれるばかりの情熱をそそぎ、それが空しいかたちをとりながら、空しいものとはならない、またそうは感じさせないところがある。文章そのものが「くるま」になって、いろんなところを回ることができるからだ。生活感覚と、ひろく人間がもつ習慣と、とてもいいかたちでつながりながら、世界が深められているのだ。これまでの小説にはない空気をもつことが、この小説でよくわかる。

（平成十八年七月、現代詩作家）

この作品は二〇〇一年六月新潮社より刊行された。

表記について

新潮文庫の文字表記については、原文を尊重するという見地に立ち、次のように方針を定めました。

一、旧仮名づかいで書かれた口語文の作品は、新仮名づかいに改める。
二、文語文の作品は旧仮名づかいのままとする。
三、旧字体で書かれているものは、原則として新字体に改める。
四、難読と思われる語には振仮名をつける。

なお本作品中、原典に即し、旧仮名づかい・旧字体で引用した文章については、一部編集部の判断でルビを振った場合があります。

（新潮文庫編集部）

新潮文庫最新刊

大塚已愛著
鬼憑き十兵衛
日本ファンタジーノベル大賞受賞

父の仇を討つ——。復讐に燃える少年と僧形の鬼、そして謎の少女の道行きはいかに。満場一致で受賞が決まった新時代の伝奇活劇！

町屋良平著
1R1分34秒
芥川賞受賞

敗戦続きのぽんこつボクサーが自分を見失いかけるも、ウメキチとの出会いで変わっていく。若者の葛藤と成長を描く圧巻の青春小説。

田中兆子著
徴産制
センス・オブ・ジェンダー賞大賞受賞

疫病で女性が激減した近未来。国家は18歳から30歳の男性に性転換を課し、出産を奨励した——。男女の壁を打ち破る挑戦的作品！

櫻井よしこ著
問答無用

一帯一路、RCEP、AIIB、中国の野望に米中の対立は激化。米国は日本にも圧力をかけてくる。日本のとるべき道は、ただ一つ。

野地秩嘉著
トヨタ物語

ジャスト・イン・タイム、アンドン、かんばん方式——。世界が知りたがるトヨタ生産方式とは何か。最深部に迫るノンフィクション。

原田マハ著
常設展示室
—Permanent Collection—

ピカソ、フェルメール、ラファエロ、ゴッホ、マティス、東山魁夷。実在する6枚の名画が人々を優しく照らす瞬間を描いた傑作短編集。

新潮文庫最新刊

宮本輝著
堀井憲一郎編
もうひとつの「流転の海」
全巻読了して熊吾ロスになった人も、まだ踏み込めていない人も。「流転の海」の世界を切り取った名短編と傑作エッセイ全15編収録。

乃南アサ著
美麗島紀行
—つながる台湾—
台湾、この島には何かがある。故宮、夜市だけではない何かが——。私たちのよき隣人の知られざる横顔を人気作家が活写する。

文月悠光著
臆病な詩人、街へ出る。
意外と平凡、なのに世間に馴染めない。そんな詩人が未知の現実へ踏み出して……。18歳で中原中也賞を受賞した新鋭のまばゆい言葉。

山極寿一
小川洋子著
ゴリラの森、言葉の海
野生のゴリラを知ることは、ヒトが何者かを自ら知ること——対話を重ねた小説家と霊長類学者からの深い洞察に満ちたメッセージ。

佐藤優著
生き抜くためのドストエフスキー入門
—「五大長編」集中講義—
国際政治を読み解き、ビジネスで生き残るために。最高の水先案内人による現代人のための「使える」ドストエフスキー入門。

「選択」編集部編
日本の聖域《サンクチュアリ》 ザ・コロナ
行き当たりばったりのデタラメなコロナ対策に終始し、国民をエセ情報の沼に放り込んだ責任は誰にあるのか。国の中枢の真実に迫る。

いつか王子駅《おうじえき》で

新潮文庫　ほ－16－1

平成十八年九月一日発行
令和三年十一月三十日七刷

著者　堀《ほり》江《え》敏《とし》幸《ゆき》
発行者　佐藤隆信
発行所　株式会社新潮社
郵便番号　一六二―八七一一
東京都新宿区矢来町七一
電話　編集部(〇三)三二六六―五四四〇
　　　読者係(〇三)三二六六―五一一一
http://www.shinchosha.co.jp

価格はカバーに表示してあります。

乱丁・落丁本は、ご面倒ですが小社読者係宛ご送付ください。送料小社負担にてお取替えいたします。

印刷・株式会社精興社　製本・加藤製本株式会社

ISBN978-4-10-129471-1 C0193